너의 색이 —— 번지고
물들어

너의 색이 —— 번지고 물들어

미술 심리에서는 나무를 자아라 부른다. 투사검사 중에 HTP 검사법이 있는데 이 이름은 집(home), 나무(tree), 사람(people)의 앞 글자를 조합해 지어진 것이다. 심리학자 존 벅(John Buck)이 개발해 대표적인 투사검사로 자리 잡았다. 그중에 트리 테스트 (tree test)는 나무를 그려 내담자가 자신을 스스로 어떻게 바라보는지 확인해볼 수 있는 검사다. 개인적으로 투사검사에 나무가 이용되는 것은 나무의 삶이 사람의 삶과 비슷해서가 아닐까 생각해보았다.

과학자이자 『랩걸』의 저자 호프 자런(Hope Jahren)은 자신의 책에서 나무를 포함한 모든 식물의 첫 뿌리가 터를 잡게 되는 과정을 이렇게 묘사했다.

"첫 뿌리의 첫 임무는 닻을 내리는 것이다. 닻을 내려 떡잎을 한 곳에 고정 시키는 순간부터 그때까지 누리던 수동적인 이동 생활에 영원히 종지부를 찍게 된다. 일단 첫 뿌리를 뻗고 나면 그 식물은 덜 추운 곳으로, 덜 건조한 곳으로, 덜 위험한 곳으로 옮길 희망을 포기해야 한다. 서리와 가뭄과 굶주린 입이 찾아와도 그로부터 도망갈 가능성이 없이 모든 것을 직면해야 한다. ……

…… 뿌리가 필요한 것을 찾게 되면 부피가 커져서 주근이라고 부르는 곧은 뿌리로 자란다. …… 주근은 곁뿌리를 내보내 옆에 서 있는 다른 식물들의 뿌리와 얽혀서 위험 신호를 주고받는다."

그녀가 묘사한 글을 보면 나무의 첫 뿌리가 닻을 내리는 과정은 인간이 탄생해 성장하는 과정과 비슷하다. 사람은 선택해서 태어나는 것이 아니라 선택되어 태어난다. 씨앗이 자신의 뿌리를 내릴 장소를 찾아 이동하듯이 정자와 난자가 만나 태아를 잉태하는 것이다. 태어난 인간은 주어진 환경에 맞춰 살아간다. 아기는 스스로 자신의 환경을 바꿀 수 없다. 그저 주어진 대로 받아들여야 한다. 뿌리가 모든 환경에 직면해 살아남아야 하는 것처럼.

　　그렇게 자라난 아이는 성인이 되고, 성인이 되면 자신의 정체성을 찾기 위해 고군분투한다. 이것은 마치 주근으로 자라나기 위해 100만분의 1도 되지 않는 도박을 하는 것과 같다. 인간은 자신의 존재를 알아가기 위해 수많은 경험을 하면서 살아간다. 자신을 알아가고 자신의 자아에 고뇌하고 삶에 대해 고민하는 모습들. 거기에 사회적인 동물인 인간은 주근이 곁뿌리를 내보내 다른 식물들과 위험 신호를 주고받듯이 서로가 서로에게 영향을 주고받으며 살아가게 된다. 나무는 인간과 참 많이 닮았다.

내가 주근을 내리기 위해 해야 했던 많은 경험 중에 가장 크게 영향을 받은 세 가지는 그림을 그렸다는 사실과 미술 심리를 배운 것, 그리고 그 사람을 만난 것이었다. 그림을 그렸기 때문에 미술 심리를 배우게 되었고, 미술 심리를 배웠기 때문에 그 사람을 만날 수 있었다. 결혼을 비관적으로 바라보며 결혼은 하지 않아도 괜찮다고 생각했던 나를 결혼하게 만든 사람. 나를 있는 그대로 존중하고 받아준 사람. 그로 인해 알게 되고 느끼게 된 것들이 많다. 주변에서 결혼 생활은 어떤지, 결혼하니 좋은지를 묻는다. 사실 연애할 때랑 크게 다르지 않다. 달라진 게 있다면, 살기 때문에 같이 맞춰가야 할 것들이 조금 늘었다는 것 정도. 때로는 싸우기도 하고 피곤할 때도 있지만, 우린 평범하게 살아간다.

미술 심리상담을 하면서 사랑 때문에 힘들어하는 내담자들을 꽤 많이 만나왔다. "이 남자 정말 왜 이럴까요?", "선생님, 이럴 땐 어떻게 해줘야 해요?", "무슨 뜻으로 이런 말을 하는 건지 모르겠어요.", "헤어져야 할까요?" 같은 질문을 하는 내담자들에게는 한 가지 공통점이 있었다. 바로 자기중심이 없다는 것. 시선은 오로지 남자만을 향하고 있었고 그녀의 세상은 남자의 상태에 따라 수시로 바뀌었다. 뿌리가 깊지 못해 흔들리는 나무와 같았다. 나무와 사람의 성장에 다른 점이 있다면, 나무는 결정된 상태로 자라지만 사람은 어떻게 자라게 될지 알 수 없다는 것이다.

사람에게는 계기가 필요하다. 무언가를 깨달을 계기. 그것이 크고 작은지는 중요하지 않다. 단지 전환점이 필요할 뿐이다. 하지만 그 전환점은 자신이 만들어가야 한다. 기회는 준비하는 자에게 온다고 하지 않던가. 예전에는 나도 그녀들과 별반 다르지 않았지만, 상처에 흔들리지 않으려 무던히도 견뎌냈다. 그런 상처에 익숙해질 즈음 '그'라는 어감만큼의 거리를 둔 남자를 만났다. 나는 '그'와 만나 연애를 시작했고 결국 결혼까지 했다. 오해, 충돌, 용서, 이해가 뒤섞여가는 중에 우리는 서로를 조금씩 받아들였고 이것이 인생의 성숙이란 것을 최근에야 조금씩 느끼고 있다.

이 책에는 내가 그 사람을 만나기 직전부터 결혼한 후까지 순간순간 깨닫고 성장해온 장면들을 담았다. 이 책이 독자의 고민에 해결책을 제시해주지는 않지만 생각할 수 있는 시간은 만들어줄 거라 믿는다. 가능하다면 자신의 모습을 되돌아보는 기회를 가질 수 있기를.

　사람의 인생에서 사랑이란 없어서는 안 될 필요조건이다. 사랑에는 답이 없다. 나의 경험과 감정이 미세하게라도 사랑의 관계에 힘들어하는 모든 이에게 도움이 되기를 바란다.

2019년 5월

재희

차례

part 2. 검은 듯 푸르게

part 3. 붉어진 푸른

part 4. 번지고 물들어

part 1 ──────────────── 거뭇거뭇한

필연도 운명도 아닌,
알 수 없는 갈림길에서 선택한 그 길.
발길 따라 걷던 그 길 위에서 만난 인연.

그
런
아
이

사각사각. 연필이 그어지는 소리만이 유유히 흐르는 공간. 소복이 쌓인 눈처럼 하얀 도화지 위에 여러 방향의 선들이 교차한다. 손의 흐름을 따라 움직이는 눈동자와 빨려 들어갈 듯 한 곳만 응시하는 무심한 표정. 따뜻한 공기의 무게가 아이의 머리카락을 어루만지듯 스쳐 내려간다. 아이는 도화지 위에 그어지는 선들 이외엔 무엇도 느끼지 않는다. 그리는 것이 세상의 전부인 아이, 그런 아이가 있었다.

그림은 모든 것을 표현해준다. 무슨 생각을 하는지, 마음이 어떤지, 입술을 다문 채 그저 그리는 것만으로 이야기할 수 있다. 그림을 바라보는 사람들의 주관적인 시선도 거들어진다. 시선이 흩어지면 그들만의 방식으로 해석되어 가슴 깊이 새겨지겠지. 나를 표현하고 타인과 소통하는 무언의 길, 눈으로 보고 가슴으로 받아내는 가장 정적인 예술, 그 끝없이 무한한 창조 작업에 나는 늘 매료된다.

흔히 미술을 전공하면 먹고살기 힘들 거란 생각을 한다. 인정하고 싶지 않지만 실제로도 그렇다. 아르바이트를 전전하고 직장을 다닌다 해도 쥐꼬리만 한 월급으로 생활비와 전시회 비용, 재료비를 다 감당해야 한다. 그러고 나면 통장 잔고는 깨끗하게 빈다. 거기에 그림 그릴 시간까지 없다. 늦은 새벽에서야 잠이 들고, 피곤한 눈을 비비며 축 늘어진 몸을 겨우 일으켜 아침을 맞이한다. 현실이란 굴레는 막막하기만 했고, 갑갑함이 꾸역꾸역 목구멍까지 차올랐지만 삼켜냈다. 나는 그림을 그려야 행복한 사람이니까.

　미술은 나의 일부다. 신체의 일부분, 인생의 일부분, 동반자, 반려자와 같은. 심지어 중학교 1학년 때 엄마가 미술학원에 보내주지 않자 미술 없이는 살 수 없다고까지 말했다. 그러기에 그림으로 돈을 벌어야겠다는 생각을 하지 못했다. 아니, 할 수가 없었다. 일이라고 생각해본 적이 단 한 번도 없었으니까. 현실적으로 그림을 그린다고 돈이 바로 생기는 게 아니기도 했고, 회화를 선택하면 생계가 어려워진다는 엄마의 말에 발목을 잡혔을 수도 있었다. 대학을 졸업하더라도 회사라는 조직에는 속하고 싶지 않았다. 얼마간 회사를 다녀보긴 했지만, 대부분 아르바이트를 전전하며 직업으로 삼고 싶은 일을 찾아다녔다.

　그렇게 돌고 돌아왔다. 그림으로 오는 길에서 8년을 방황했다. 한번 어긋난 길을 돌아오는 것이 이렇게 어려울 수가 없었다. 그동안에는 돈을 벌어야 한다는 생각에만 매달려 있지 않았나 싶다. 언젠가는 내 전시회를 열고 싶다는 꿈을 안고 달려

왔다. 대학 졸업 이후 8년이 지나서야 다시 연필을 들고 붓을 들었다. 드디어 그림을 그리기 시작했다. 우연한 기회로 뉴욕에서 열린 전시회에 참여할 기회도 얻었고 서울에서 몇 번의 그룹 전시회도 열었다. 그러나 전시는 사는 데 도움이 되지 못했다. 먹고살아야 했기에 이런저런 고민 끝에 시작한 것이 미술 심리였다.

미술 심리상담사 일을 시작하고, 일반인을 대상으로 개방한 미술 심리상담 워크숍이 있던 날이었다. 생각보다 많은 사람들이 참여했다. 애초에 작게 시작하려 했던 것이 꾸준한 강의로 참가자들의 긍정적인 입소문을 타 일이 커져버렸다. 일반인이 아닌 직장인 대상의 워크숍을 연결해주는 에이전시와 연이 닿았다. 에이전시와 계약을 맺은 후 워크숍 검증을 위해 첫 시연회를 열었다. 참가자는 여자 넷, 남자 둘이었다.

거기서 그를 처음 만났다.

가능성의 범위

인간은 누구나 자기만의 자존감을 가지고 살아가는데, 자칫 자존감이 지나치게 높으면 자만심으로 나타날 때가 있다. 연단 위에 오르는 동안 받았던 몇 번의 호의적인 평가로 그만 오만해지고 만 것이다. 스스로 잘한다는 생각을 하다 보니 강의 연구는 뒷전이었다. 며칠간 반복해 이미지 트레이닝을 하는 노력은 있었지만 다른 강사의 강의를 들어보지도 않고 내 강의가 발전할 거라고 기대했다. 그럴 만한 이유는 있었다. 다른 무료 강연과 다르게 미술 또는 예술 관련 강의는 대부분 수강료를 내는 것이 보통이다. 나는 모을 수 있는 돈도 없이 생활고에 시달리고 있었기에 다른 강의를 들으러 가는 건 사치라고 합리화했다. 결국, 모두 다 변명일 뿐이지만.

때마침 에이전시에서 연락이 왔다. 무료 강연 시연이 있으니 들으러 오라는 것이었다. 연극에 관련된 강의였다. 미술이 아닌 다른 차원의 예술적 심리치료는 사람의 마음을 어떻게 움직이는지 궁금했다. 연극치료 강의는 아니었으나 연극을 통해 작용되는 심리를 알아보는 데 도움이 될 것 같았다. 망설일 것도 없이 나는 가겠다고 응답했다.

이번엔 수강생 신분으로 오랜만에 에이전시 사무실에 갔다. 일 때문에 조금 늦었지만, 웃으며 반겨주는 사람들과 인사를 나누던 중 낯익은 얼굴을 보았다.

그 사람이었다. 4개월 만이었다.

거뭇거뭇한

흘려보낸

용기는 어디서 나오고 이끌림은 언제 시작되는지. 잠잠했던 호수에 물결이 일렁이는 순간은 언제부터인지. 순식간에 찾아온 감정은 주체하지 못해 흘러넘치기 마련이다.

시연회가 끝나면 수강생들은 강사에게 피드백을 준다. 피드

백으로 이어진 자리는 즐거운 흐름을 타고 한바탕 맥주 파티로 이어졌다. 적당히 술이 오르자 자연스레 이성에 관한 이야기가 흘러나왔고, 내 차례가 되어 질문이 들어왔지만 지난 연애의 흑역사는 이야기하고 싶지 않았다. 깨져버린 기억의 파편들을 적당히 얼버무리니 뜻하지 않게 소개팅 제안을 받았다.

"그런 남자는 만나지 말고, 소개팅시켜줄게요. 이상형이 어떤 사람이에요?"

"음, 이상형은 크게 없는데…. 키가 너무 크지 않고 나이 차이가 많이 나지 않으면 좋겠어요."

경험상 나는 처음 만난 상대가 키가 너무 크거나 건장하면 위화감을 느낀다. 원래 말수가 적어 너무 조용한 사람도 힘들다. 거기에 나이까지 많으면 최악이다. 성숙하기까지 하니까. 나는 아직 철이 없는데.

"그럼 나는 안 되겠네."

불쑥 튀어나온 말이라 주워 담기엔 너무 늦었나 보다. 말을 뱉은 당사자는 민망한 듯 자신의 나이가 많다는 사실을 알려주었다. 그는 슬며시 일어나더니 천천히 문을 향해 걸어갔다. 옆에 앉아 있던 에이전시 대표님은 그 말이 먼지가 되어 흩어질세라 서둘러 주워 담았다.

"나이 차이 많은 게 왜 싫어요?"

"저와 정신연령이 맞았으면 좋겠어요. 저보다 훨씬 나이가 많은 사람은 성숙해서 제가 맞추기 힘들어요."

질문과 답변보다 느리게 걷던 그는 문을 열며 말했다.

"난 정신연령이 좀 어리지?"

말은 남겨지고 문은 닫혔다. 그는 나에게 관심을 주체없이 흘려보냈다. 당황스러우면서도 신기했다. 처음엔 이 남자가 왜 이럴까 싶기도 했다. 딱히 좋은 모습을 보여주지도 않았는데. 어떤 모습이 좋게 보였는지 알 수 없지만, 그가 흘려버린 관심은 이미 내 발밑까지 와 있었다.

자리가 마무리되어 테이블을 정리했다. 다 함께 불을 끄고, 문을 닫고, 계단을 밟고, 건물 밖으로 나왔다. 대표님은 아까 주워 담은 말을 풀어주기라도 하듯 그에게 나를 집까지 데려다주라고 했다. 나는 한사코 거절했다. 민폐를 끼칠 수 없었으니까. 아무렇지 않게 그러겠다고 하는 그에게 거리가 멀어서 힘들 거라고 했으나 전혀 문제 되어 보이지 않았다. 결국엔 걱정과 미안함을 안고 그의 차에 올랐다.

그렇게 처음으로 그 사람 옆에 앉았다. 그가 흘린 마음이 데려온 옆자리였다. 후에 왜 그랬냐고 물었더니 모르겠다는 대답만 돌아왔다. 민망함에 황급히 화장실로 들어갔고 창피함에 고개를 들기 힘들었다고 했다.

그는 단지 나에게서 노랑을 보았다고 했다.

거뭇거뭇한

그 날 의 취 향

마음이 흔들리기 직전의 시간. 그 시간은 마치 경계선을 넘을
지 말지를 결정하는 생각의 능선 위에 서 있는 것과 같다.

나를 데려다준 그날 이후 그 사람이 생각나지 않았다면 거
짓말이다. 가끔 생각이 났다. 그래서 두 번째로 집에 데려다준

거뭇거뭇한

날 밤 나는 그에게 데이트 신청을 했다. 가끔 떠오른 그에 대한 생각이 어떤 종류의 것인지 알아보기 위해.

"다음에 제가 밥 한번 살게요."

한 번 더 시연회를 체험하러 갔다. 이번엔 도자기를 이용한 티코스터(컵받침) 만들기였다. 왠지 그 사람이 있을 것 같다는 예감이 들었다. 아니나 다를까 역시나. 우연인지 만들어진 상황인지는 모르겠으나 나는 그와 같은 팀에 배정되었다. 함께 웃고 즐기며 활동한 시연회가 끝나자 그는 어김없이 나를 집에 데려다주었다.

미안한 마음이 두 배가 되었다. 그는 경기도에 살았고 나는 서울의 북쪽에 살고 있었다. 이 거리를 왕복해서 데려다준다는 건 쉽지 않은 일이라는 걸 알았다. 빚지기를 싫어했던 나는 그에게 뭐라도 해줘야 할 것 같았다. 감사한 마음으로. 물론 한편으로는 궁금하기도 했다.

'이 남자 어떤 사람일까?'

감사하다는 말과 함께 나는 다음에 밥 한번 사겠다고 말했다. 그리고 처음으로 그와 번호를 교환했다.

　　우리가 처음으로 식사한 곳은 상암동에 있는 작은 레스토랑이었다. 여느 연인과 다를 바 없이 식사를 하고 커피를 마셨다. 평범했지만, 그날 밤의 공기는 달랐다. 주고받는 대화는 매끄러웠고 그의 움직임은 배려 깊었다.

　　몸에 똑 떨어지는 남색 코트에 다소 어두운 셔츠, 밑단을 접은 중간 농도의 청바지와 끈이 단정하게 매어진 갈색 부츠. 카페를 들어설 때나 나설 때 문을 열고 닫아준 손. 음료를 먼저 주문하라는 눈짓. 내가 일어나기도 전에 일어나 티슈를 가져다주는 몸짓. 공감이 갈 때마다 웃는 입술 사이로 살짝 보이는 덧니와 반달이 되는 눈. 신나게 자신의 이야기를 해주는 모습. 거기다 그의 나이가 무색하게 나와 비슷해 보여 좋았다. 그리고 비슷한 취향들까지. 호감이 가기엔 충분했다.

　　그럼에도 불구하고 그날 저녁과 밤 사이, 나는 그에게서 매력을 느끼지 못했다.

거뭇거뭇한

두
꺼
풀

사람의 가장 중요한 능력 중 하나인 오감. 그중에 눈. 눈동자에
비치는 모든 것들은 그저 보이는 게 아니라 사람이라는 존재
안에서 다시 해석되기 마련이라, 대상을 그대로 보지 못하고
눈동자에 한 꺼풀 두 꺼풀 막을 씌운다.

가만히 조용히 내리는 눈. 소복이 쌓이는 하얀 눈. 왜 눈(雪)은 하얗게 빛날까. 사람들은 왜 눈이 오면 신나 할까. 순수하니까. 그것이 첫 번째 떠오르는 답일지도 모르겠다. 어쩌면 이 세상이 순수하지 못해서 가끔 때 묻은 허물을 덮어 주는 그 순간이 아름다울 수도 있겠다 싶다. 우리 인간은 왜 허물을 쫓을까. 아름다움의 기준은 무엇일까. 인간의 모든 행동에는 많은 의미가 담겨 있는데 왜 피상적인 모습을 보는 게 더 쉬울까.

　나도 한때는 피상적인 아름다움에만 눈길이 갔다. 자세히 바라본 그는 여태 내가 만나온 사람과는 거리가 멀어 보였다. 그러니까 외면이 그랬다. 선한 인상에 웃는 모습이 귀엽고, 남성성보다는 이중성이 더 강한, 좁고 왜소해 보이는 어깨에 크지만 가지런한 손과 깨끗하게 정돈된 약간 긴 손톱, 낮고 굵지 않은 높고 중성적인 목소리, 모두 다 반대였다. 그와의 특별했던 시간과 나의 익숙함이 충돌했다. 혼란이 생겼다. 그날의 대화를 생각하면 더 만나보고 싶었지만, 그날의 그를 떠올리면 낯설어졌다. 잠시 멈칫했다. 내 머릿속을 정리하기는 쉽지 않았다. 그래서 그냥 흘러가는 대로 두기로 했다.

거뭇거뭇한

"다음에는 언제 볼까요?"

"이번 주와 다음 주엔 안 될 것 같아요. 제가 시간 될 때 연락드릴게요."

다음을 기약하는 그에게 나는 기약 없는 가능성을 기약했다. 시간이 지나면 혼란도 잠재워지고 그때의 마음을 따라가면 될 거라 생각했다. 나는 하던 대로 일에 집중하기 시작했다. 무리 없이 잘 되어가는 듯 보였지만, 내 욕심은 하늘에 닿아 있었고 나는 아직 땅에 머물러 있다고 생각했다. 지나친 욕심 탓일까. 더 잘해야 한다는 압박에 지독히도 나를 괴롭혔다. 억지로 밀어 넣으면 터질 것을 알면서도 그게 나를 위한 거라 생각했다. 마음의 여유가 없어지자 내 눈동자에 회색빛 막이 씌어졌다. 세상을 보는 시야가 안개로 자욱해졌다. 분명히 앞이 있다는 걸 알고 있었지만 보이지 않았다.

그렇게 서서히, 그는 가려지고 있었다.

점 같은 존재

영화 〈동주〉를 보았다. 보는 내내 그를 이해하려고 노력했다. 괴로워하는 그의 모습에 울컥했다. 마음이 아파서 울컥한 게 아니라 이해가 되지 않아서 울컥했다. 그를 보고 있는 순간에는 그랬다.

내가 하고자 하는 일과 작업을 좋아하지만, 더 빨리 커리어를 쌓고 싶었다. 특히 작가로서의 입지를 굳건히 하고 싶었다. 마음이 밉게도 급했다. 성장하는 친구와 나를 비교하며 채찍질했다. 여유가 없어진 마음이 점차 황폐해져갔다. 몸도 망가지고 마음도 망가지고 있었다. 위로받고 싶은 마음에 타인에게 기대니 더 초라해졌다. 마침표 없이 길어지는 발걸음에 쉼표를 줘야 할 것 같았다. 그래서 한동안 보지 못했던 영화를 보기로 했다. 오랜만에 영화관을 찾았다.

영화를 좋아하는 사람으로서 여운이 남는 영화를 보고 나면 집까지 걸어간다. 생각에 잠겨서 걷는 40분. 그 시간을 참 좋아한다. 내 생각과 내가 함께 걸어가는 고요의 시간이니까. 한국의 대표적 시인 윤동주. 그의 삶을 그린 영화를 보았다. 흑백으로 만들어졌고 잔잔하게 흐르는 영화였다. 흑백이라 단조롭지 않을까 생각했지만, 천천히 그의 마음을 읽느라 그럴 틈이 없었다. 제목 〈동주〉도 여운이 있었고, 관람이 끝나자 남은 여운을 길거리로 데리고 나왔다. 그리고 그냥 같이 걸었다.

보통은 다 걷고 나면 바로 집으로 들어간다. 그러나 〈동주〉는 나를 집에 들어가지 못하게 했다. 집 앞 오르막길에 다다르는 순간 다시 발걸음을 돌렸다. 나는 헛헛할 때, 답답할 때, 힘들 때, 혼자 있고 싶을 때, 갈 곳이 없어 동네를 한 바퀴 돈다. 너무 멀지 않은 곳까지. 이번에도 어김없이 들어가고 싶지 않아서 동네를 돌기로 했다. 입김이 자욱해지는 차가운 날이었고, 밤이었고, 길은 반짝이는 하얀 얼음으로 덮여 있었다.

　　그렇게 한 바퀴를 돌다가 한 바퀴가 두 바퀴가 되고 세 바퀴가 되었다. 한 바퀴를 돌았을 때는 안에서 올라오는 감정이 뭔지 몰랐다. 두 바퀴가 되어서는 약간 알 것 같았다. 분명하진 않았지만, 속에서 올라오는 분노, 울분, 노여움 같은 것이었다. 세 바퀴째 되어서는 눈에서 비가 내렸다. 어깨가 조금씩 떨렸고 계속 흐르는 비 때문에 앞이 제대로 보이지 않았다. 길은 차디찬데 몸은 열대야였다. 그 어두운 밤, 고요히 '동주'와 함께 울었다. 가만히 조용하게 울려 퍼지는 그의 시처럼 눈길을 밟았고, 가만히 조용하게 깊고 아득한 어둠에서 허우적거렸다.

영화를 볼 때는 이해하지 못했던 그의 마음이 조금씩 다가왔다. 참회하는 그의 모습에서 나의 모습을 발견했다. 지난 시간에 대한 과오에 부끄러움을 느꼈다. 하늘을 우러러 한 점 두 점 부끄러운 내 모습이 보였다. 그렇게 나는 내 자아에 대해 고뇌했다.

사람은 누구나 한 번쯤 존재에 대한 의문을 품는다. 우주에서 가장 아름다운 생명체들이 모여 있는 지구에는 사람이라는 존재들이 생겨나 살아간다. 지구가 멸망하면 허망하게 없어질 존재들이 무엇을 위해 이 작은 별에서 살아가고 있는지, 무엇 때문에 나라는 점 같은 존재가 살아가는지, 나는 무엇을 위해 살아가야 하는지, 나는 이대로 괜찮은지, 모든 의문들이 은하의 별처럼 쏟아졌다.

자연히 흐르도록 두면 차근히 쌓일 것을 기다리지 못해 달려가 잡으려고 부단히도 애를 썼다. 비참해진 모습에 괴로움은 더 커져만 갔고 나의 마음까지 갉아먹었다. 나는 자격지심과 열등감, 시기심, 질투심에 뭉개지고 있었다. 다행이었다. 〈동주〉를 보아서. '동주'가 어둠 속에서 나를 꺼내주고 있었다. 이제는 그 마음, 놓아주어야 한다는 걸 느꼈다.

인간의 인생에서 자아를 찾아가는 과정이 사춘기에만 발생하는 것은 아니라 생각한다. 일생을 통해서 자아를 찾아가야 진정한 인간이 된다 생각한다. 어쩌면 인간은 죽을 때가 되어야 진정한 인간이 되지 않을까 싶다. 사춘기 이후 두 번째 성장통을 겪는 것 같았다. 그리 울고 고뇌하고 참회하니 눈을 가리고 있던 막이 한 꺼풀씩 사라지는 듯했다. 자욱했던 안개가 걷히기 시작했다. 그날 밤 잠이 들고 눈을 뜬 아침은 유난히도 밝았던 것 같다.

점이 모여 선이 되고 선이 모여 면이 되고 면이 모여 형태를 이루듯이, 형태가 모여 변형이 되듯이, 먼 훗날 언젠가 지구가 허망하게 멸망할지라도, 내가 76억 명 중에 점 같은 존재이더라도 중요하지 않은 존재는 아니었다. 내 행동으로 인해 누군가는 영향을 받을 것이고 그가 또 다른 누군가에게 영향을 줄 것이다. 그러니 그저 주변의 모든 사람들에게 좋은 영향을 주는 것만으로도 충분한 것이다. 큰 욕심을 부리지 않아도 세상 모든 사람들에게 중요한 존재일 수 있다. 태어난 그 순간부터.

인식이 바뀌고 감사함을 느끼는 순간 사람은 변화한다. 내가 아주 선한 사람이 되었다거나 성인이 되었다는 뜻은 아니다. 다만 내면 깊은 곳부터 자라난 괴로움이 잠재워지고 있다는 건 확실했다. 감사함을 느끼니 새로운 생각이 차올랐다. 이제 나는 나만의 페이스로 내 길을 가기로 결정할 수 있었다.

지독히도 어두웠던 밤 홀로 밝게 빛나던 달빛 아래, 비참했던 나는 나를 위로했다. 누구도 해줄 수 없던 그 위로를 내가 나에게 해주었다.

받아보니, 그게 진짜 위로더라.

열
번
만
나
도
모
른
다

선택의 기준. 한국인에게는 그게 삼세판이다. 3이라는 숫자의
위엄. 한국에서는 3이라는 숫자를 여기저기 많이 사용한다. 딱
세 번만 참아 봐. 딱 세 번만 해 봐. 가위바위보도 세 판. 우연이
세 번이면 운명. 그래서 나도 세 번이면 다 되는 줄 알았다.

    정신을 차리고 나니 주변이 보이기 시작했다. 가뭄에 단비가 내렸다. 갈라진 틈 사이로 물줄기가 흘러내렸고 말라 있던 뿌리에 조금씩 젖어들었다. 그러니 타인의 말을 수용할 귀도 열렸다. 나에겐 위로 오빠 한 명이 있다. 오빠가 결혼을 했으니 우리 가족은 4명에서 5명이 되었다. 우리 다섯 식구가 다 함께 저녁 식사를 하는 자리였다. 내가 남자친구도 없는 30대 초반의 여성인지라 우리 가족들은 걱정을 했다. 철없는 딸이, 동생이 결혼은 할 수 있을지. 오빠는 나에게 물었다. 만나는 남자가 있는지. 나는 없다고 했다. 오빠는 다시 물었다. 저번에 만나던 남자는 어떻게 되었냐고 했다. 나는 마음이 안 간다고 답했다. 그 '저번에 만나던 남자'가 바로 그 사람이다.

    대답은 그렇게 했어도 머릿속에서는 그의 모습이 떠올랐다. 3주 전 만남이 다시 생각나고 유쾌했던 대화가 불현듯 스쳤다. 이번엔 내가 오빠에게 물었다. 이성을 만날 때는 세 번이면 된다던데 세 번 정도면 웬만큼 안 거 아니냐고. 연애 경험이 많은 오빠는 단번에 말했다. 열 번을 만나도 모른다고. 나는 단순하게 그 대상을 더 만날지 말지에 대한 결정이 세 번의 만남으로도 가능한 것 아니냐는 질문이었다고 하니, 오빠는 그 결정도 세 번으로는 부족하다 했다. 그와의 만남이 세 번이었다. 그래서 물었던 것이다. '더 만나볼까?'라는 생각이 들었기 때문에.

연락하기에는 시간이 많이 지난 후였다. 가능성을 남겨두고 연락을 끊기는 했지만, 그 가능성을 내가 다시 열었다고 해도 그 사람이 닫으면 끝이었다. '될 대로 되라지.'라는 생각으로 문자메시지 한 줄을 보냈다.

"저번에 만나기로 했는데 언제 가능하세요?"

확실히 그날의 대화는 특별하게 기억되어 있었다. 단지 그의 모습이 내 눈에 익숙하지 않다는 단편적인 이유로 특별함을 놓치진 않을까 싶었다. 보낸 문자를 한동안 쳐다보았다. 그러다 문득 의문이 생겼다. 만일 다시 만난다면 그 사람이 좋아질까? 불안한 생각에 흔들리기도 했지만 확실하지 않은 미래를 두고 고민하지 않기로 했다. 만나보면 알 테니까.

닦아낸 먼지

편식하는 사람들 중에는 먹어보지도 않고 맛없다고 생각해버리는 경우가 있다. 내가 그랬다. 고기와 햄이 없으면 밥 먹을 줄몰랐고 이상해 보이는 음식은 먹지 않았다. 한 번만 먹어보라는 가족의 권유도 뿌리쳤다. 그래도 언제였나, 무 무침 반찬을먹어보라고 해서 한 번 먹어봤는데 역시나 예상대로 진짜 맛이 없었다. 그때가 아마 20대 초반이었을 것이다.

시간이 흘러 30대가 되니 입맛도 조금씩 변한지라 식탁 위에 올려진 무 무침을 보고 도전할 마음이 생겼다. 당연히 이번엔 아무도 권유하지 않았다. 젓가락을 움직였다. 무 무침 두 가닥을 집어 올렸다. 젓가락에 걸린 두 가닥을 잠시 쳐다보다 입 안으로 투척했다. 엇, 이상하다. 참 희한하게도 맛있었다. 그땐 그렇게 맛없었는데.

가능성의 문이 열렸다. 그에게서 답변이 왔다. 몇 번의 메시지를 주고받은 뒤 데이트 장소를 정했다. 그는 우리 집 앞으로 나를 데리러 오겠다고 했다. 약간 당황스러웠다. 나에게도 건강한 두 다리가 있는데 이 남자는 매번 데려다주고 데리러 온다고 한다. 차 있는 남자를 처음 만나보는 건 아니었어도 만날 때마다 이러는 남자는 처음이었다. 만날 장소를 따로 정하려 했지만, 우리가 갈 곳이 대중교통으로 가기 불편한 곳이라 데리러 온다고 했다. 그래, 만나다 보면 이러다 말겠거니 하는 생각에 그냥 그렇게 하자고 했다.

우리는 찾아가기 불편하다는 레스토랑에 들러 식사를 했다. 그곳은 그가 친구와 함께 맛있게 먹었다던 브런치를 파는 곳이었다. 묻지도 않았는데 '여자 사람 친구'이지 여자친구는 아니라며 혼자 민망해 했다. 어디에 가고 싶냐고 묻기에 나는 아쿠아리움에 가고 싶다고 했다. 그래서 가까운 제2롯데월드에 있는 아쿠아리움으로 갔다. 들어가기 전에 아이스크림도 먹고 같이 웃고 장난치며 재잘거렸다. 아쿠아리움을 좋아하는 나는 구경할 마음에 한껏 신났다. 입장을 하고 관람을 했다. 거기서 고래 벨루가를 만났다. 동영상도 찍고 그가 사진도 찍어주었다. 신나는 마음이 더 즐거워졌다.

하루가 다 지날 때쯤 대학로에 있는 한 술집에 들렀다. 소주 한잔을 하며 담소를 나누었다. 난 궁금한 것이 있었다. 여태 내가 경험한 남자들은 자신이 먼저 여성을 좋아하면 자주 연락하며 적극적으로 관심을 보여주는 경우가 많았다. 밥은 먹었는지, 주말에는 뭐 하는지 등의 안부를 물으며. 솔직히 모두가 그랬다. 그런데 그는 나에게 관심이 있다는 것을 확실히 알려주면서도 만난 후로는 먼저 연락하지 않았다. 그는 만나기로 한 날과 그 전날만 연락했다. 주고받는 물음도 답변도 간결했다. "내일 뭐 하고 싶어요? 몇 시까지 갈게요." 세네 번 메시지를 주고받으면 연락은 끝이 났다. 내 딴엔 매력을 못 느꼈으면 정이라도 들어야 하는데 연락도 없으니 정도 안 들고 그의 마음에 대해 긴가민가했었다. 그 이유를 물었더니 그는 배려라고 했다. 귀찮게 하고 싶지 않은 마음이었다고.

　사람의 생각은 다르다. 아니, 경험에서 오는 생각이 다르다. 어쩌면 나이 차이에서 오는 연애 방식의 차이일 수도 있다. 또는 그 나이대 남자들의 특징일 수도 있고 나에게 이런 경우는 처음이라 그랬을 수도 있다. 그렇지만 그 말만은 마음에 들었다. 바쁠 것 같아서, 아직 그러면 안 될 것 같아서, 조심스러워서, 문자보다 전화를 좋아해서, 이 외의 또 다른 말들이 아닌 그 말은 나에게 이렇게 들렸다. "당신의 생활을 존중해요."

　낯선 그의 모습이 익숙함으로 바뀔지는 모르겠지만 그래도 다시 만나게 되어 좋았다. 생각을 바꾸니 그 사람이 보였다. 내면을 바라보니 그 사람이 다가왔다. 나를 만나서 좋아하는 모습, 마주보며 부끄러워하는 모습, 묻지도 않은 말을 알아서 이 야기하는 솔직한 모습, 세심하진 않지만 챙겨주는 모습, 꾸밈 없는 말과 꾸밈없는 눈빛까지, 모두 다. 만나보니 느껴졌다. 그를 바라보는 건 먼지 쌓인 거울을 닦아낸 후의 모습을 보는 것 같았다.

이제야 진정으로 그 사람을 볼 준비가 되었다.

part 2 ——————————— 검은 듯 푸르게

찰나의 순간을 부여잡자 그 찰나는 영원이 되었다.
하루하루 이어져 가는 날들 안에서 바라본 그의 모양은
한결같았고 색깔은 자유로웠다.

갈증

"네가 제일 늦게 결혼할 줄 알았는데."

    결혼하기 전에 친구들을 만나 밥 한 끼 먹을 때 들은 말이다. 나를 잘 아는 지인들에게 그전에도 비슷한 말을 들었지만, 결혼 전에 가장 많이 들었던 것 같다. 이유는 하나같이 똑같았다.

자유로워 보여서라고. 나는 곰곰이 생각해보았다. 내가 그렇게 자유로워 보였나? 나의 어떤 점이 자유로워 보였을까? 그럼, 자유롭다는 게 뭐지? 타인에게 내가 그렇게 비쳤다는 사실이 그리 달갑진 않았다. 여태까지의 나는 끝없이 자유를 원하고 있었지만 실제의 나는 자유롭지 못했다.

그를 만나기 전까진.

나에게 미술 심리상담을 받은 내담자 중에 주변 사람들에게 보헤미안이라는 소리를 듣는 사람이 있었다. 투사검사를 하면서 집을 그리라고 했더니 그는 텐트를 그렸다. 그 옆에는 음표를 그려 즐거워 보이게 했다. 집을 텐트로 그린 이유를 묻자 집이라는 정의를 내리기 어려워 그랬다고 했다. 울창한 숲속에 그려진 작은 텐트. 그의 그림에선 울적함과 외로움이 묻어났다. 그는 주변 사람들에게 즐거운 보헤미안으로 보였지만, 그의 깊은 내면은 달랐다. 안정적이지 못했고 스스로의 마음을 회화화하려는 것처럼 보였다.

그리고 나는 그의 내면을 통해 나를 볼 수 있었다. 20대 후

반까지의 나 또한 그랬다. 꽉 닫혀 있는 마음이 스스로를 가두었고 표면적으로만 자유로운 행세를 하고 다녔다. 그래야 그나마 내가 만들어낸 작은 틈 사이로 숨을 들이쉴 수 있었다. 사람들에게 자유로워 보인다는 말을 듣고 다녔던 나는 사실 불안정하게 흔들리고 있었다.

내가 겪은 자유로움은 '불안정하다'였다. 자유로움은 답답하기 때문에 원했던 것이고, 힘이 들어 지탱하려고 붙잡았던 것이다. 무언가를 간절히 원하는 것은 현재 갖고 있지 못한 무엇 때문이지, 이미 가지고 있는 것을 간절히 원하는 사람은 없다. 우리는 모두 지금과 다른 반대의 것을 원하곤 한다. 예외적으로 돈이 많은 사람이 이기적으로 돈을 더 원하는 것은 끝없이 채워지지 않는 무언가를 채워야 하기에 그렇다. 물건을 끊임없이 사들이는 사람도 마찬가지다. 배고픈 자가 빵을 찾듯이, 나에게 자유란 그러했다. 자유롭지 못해서 자유를 원했고 발버둥쳐왔다. 그 발버둥이 내가 자유롭게 보이도록 하는 가면을 씌운 것인지도 모르겠다.

사람이 불안정한 이유는 온기 때문이라 생각한다. 다시 말해, 사람에게는 온기가 필요하다. 우리는 성을 떠나 엄마라는 여성의 신체 안에서 잉태되어 세상으로 나왔다. 실제의 공간이 있기 전에 인간의 최초의 공간은 자궁이었다. 따뜻하고 아늑한, 자연스럽게 에너지를 공급받으며 보호받는 최적의 공간. 그런 공간에서 살던 아기가 태어나면 어떨까. 아기는 자궁이란 보호막을 감싸고 태어나지 않는다. 무방비 상태로 세상을 맞이하게 된다. 인간이 본능적으로 안정을 찾는 이유가 여기에 있지 않을까. 자궁에서 분리되어 독립적인 개체로 살아가기 위해 본능을 따라 몸부림치는.

나는 그를 처음 만났을 때도, 만난 이후로도 한동안은 자유를 찾아다녔다. 그러나 자유는 내 앞에 나타나지 않았다. 오히려 아지랑이처럼 사라졌다. 그건 그 사람 때문이었고 그 사람 덕분이었다. 하루하루 지나가는 날들 속에서 조금씩 그의 온기가 내 심장으로 스며들어왔고 그 사람만이 줄 수 있는 안정감을 채워주었다. 그러니 자유를 찾지 않아도 되었던 것이다. 어느새 자유로워지고 싶다는 의식조차 사라져 있었다. 불안함이 몰려오지도, 타인의 시선을 의식하지도, 나 자신을 의심하지도 않았다. 그는 내가 만들어낸 땅에 씨앗을 뿌리고, 새싹을 틔우고, 물을 주고, 줄기를 키워 잎을 피우게 했다. 내가 나의 땅을 스스로 비옥하게 만들었다면 그는 거기에 생명이 자라나게 했다.

나는 이제 자유를 원하지 않는다. 그럴 필요가 없어졌다. 자유는 찾는 것이 아니라 내가 만들어내는 것이었다. 내면이 안정적인 사람은 자유롭기를 원하지도 않는다. 무엇을 생각하든 무엇을 원하든 주변 환경에 흔들림이 없다. 오로지 자신만의 믿음으로 굳건히 앞을 향해 나아간다. 어떤 흔들림도 없이 뜻대로 나아갈 수 있는 힘이 바로 진정한 자유이지 않을까.

그를 처음 만났을 때와 받아들이기 시작했을 때는 달랐다. 처음에는 그에게 가까이 다가가기 어려웠지만 고정관념을 바꾸자 모든 것은 내가 만들어낸 허들이었다는 것을 알게 되었다. 그를 만남으로써 시선의 차이가 가져오는 비극을 맞이하지 않아 다행이다. 그러므로 그와 연을 맺어 깨달았던 모든 것들이 다행이다. 만나는 순간순간 그는 내게 진정한 자유가 무엇인지 알게 해주었다.

알
고

있
었
다

얼마 전 자전거를 샀다. 그 사람이 사줬다. 자전거를 사달라는
내 말에 그는 한 치의 망설임도 없이 그러라고 했다. 내가 살아
생전 자전거를 탈 거라고는 상상도 안 해봤는데, 말도 안 되게
자연스럽게 자전거가 생겼다.

검은 듯 푸르게

우리가 갔던 신혼여행지 인도네시아 길리섬. 길리섬에서는 자전거가 없으면 돌아다니기 힘들 지경이었다. 마차가 많아 말들이 길을 지나다니며 똥을 싸놓는다. 매일같이 어딜 가든 마차를 탈 순 없으니 말똥을 밟고 싶지 않으면 자전거를 타는 것이 제일 좋다. 나는 자전거를 잘 못 탄다. 예전에 가끔 타보기는 했지만, 오르막길이나 커브를 돌 때면 휘청댔다. 여기서도 마찬가지였다. 휘청휘청. 그런데 며칠을 타다 보니 익숙해졌는지 생각보다 잘 탔다. 신기했다. 내가 자전거를 타다니!

우리는 결혼하기 약 3개월 전부터 함께 살기 시작했다. 급하게 집을 꾸리고 싶지 않은 내 마음 때문이기도 했다. 우리가 신혼집으로 얻은 곳은 경기도의 한적한 동네다. 경기도지만 서울 만만치 않게 하늘을 찌르는 집값으로 조금씩 조금씩 지역을 옮기며 알아봤다. 결국 우리의 사정에 부합하는 집을 찾았고 마음에도 들었다. 다만 한 가지 문제가 있었다. 이곳은 지하철을 타려면 걸어서 15분, 버스를 타려면 10분이 걸렸다. 근처에 필수적인 편의시설도 제한적이었다. 그러니 신혼집으로 이사 온 후로는 무언가를 하기 위해 꽤 많은 시간을 투자해야 했다. 그 사람도 멀어진 출근길이 불편하긴 마찬가지일 테니, 가끔 불편하다는 말은 했지만 불평불만을 늘어놓진 않았다. 그런데 실은 매우 불편했다. 모든 편의시설이 2분, 3분 거리면 닿는 곳에 살았던 나로서는 불편할 수밖에 없었다. 익숙해지려고 노력했다. 시간은 빠르게 흘렀고, 나의 하루는 마치 '달팽이의 하루' 같았다.

그러던 중 자전거가 생겼다. 자전거는 내 발에 날개를 달아주었다. 물론 자전거를 잘 타지 못해 역시나 휘청댔고 불안했다. 그럼에도 좋았다. 우리 동네 어디든 다닐 수 있었다. 불안해하며 다니는 동네는 상쾌했다. 알고 있었다. 넘어지고 일어서기를 반복하면 더 잘 탈 거라는 걸. 그러니까 불안해도 재미있고 즐거웠다.

그와의 만남의 시작도 자전거를 탄 기분이었다. 그는 성급하게 다가오지 않고 자연스럽게 스며들어왔다. 우리는 성인치고는 꽤, 천천히 가까워졌다. 거의 주말에 한 번, 가끔 두 번씩 본 우리는 다섯 번째 만날 때쯤에 손을 잡았고, 만난 지 한 달과 두 달 사이쯤 입을 맞추었다. 그도 알고 있는 것 같았다. 내가 아직은 받아들이기 낯설어한다는 것을. 그를 볼 준비가 되었다고 낯설지 않은 것은 아니었다. 종류는 달랐지만, 그 사람도 나도 서로 불안함을 안고 만났다. 그는 나를 놓치진 않을까 하는 불안, 나는 그를 잘 만날 수 있을까 하는 불안. 그래도 떨리고 설렜다. 갑자기 내리는 소나기 뒤로 무지개가 보이듯. 혼자 떠난 여행이 신선함을 주듯. 처음 서본 무대가 흥분을 안겨주듯. 알고 있었다. 그가 좋아질 거라는 걸.

그리고 고마웠다. 서서히 와줘서.

같
이
가

콩깍지가 씌워지면 사람의 단점을 보지 못하고 구분하질 못해,
후에 상처를 받는 경우가 다분하다. 그를 만나기 전에 만났던
사람 중에 불같이 질주하는 남자가 있었다. 그는 나의 마음을
얻기 위해 부단히 잘해주었다. 그러나 사귀고 난 이후 나의 단
점을 알게 되고, 자신과 맞지 않는 단 한 번의 모습을 발견한 후

로는 급속도로 마음이 식어갔다. 나는 인지하고 있었지만, 일부러 모르는 척했다. 그 남자가 어디까지 가나 궁금했다. 당연한 결과지만 결국 좋지 않게 헤어졌다. 사람과의 관계에서는 균형이 필요하다는 것을 그때의 경험으로 확실하게 느꼈다. 관계를 힘들어하는 사람들, 상처받은 사람들 또는 그렇지 않더라도 이런 말을 하는 사람들이 있다.

"밀당, 그거 왜 하는 거야? 좋아하면 그냥 사귀면 되잖아."

맞다. 밀고 당기는 관계, 참 귀찮은 일이다. 일일이 생각해야 하니까. 그런데 연인 관계에 대한 맥락으로 시작했기에 '밀당'이라는 단어가 나온 것이지, 실제로는 그런 관계는 어디서든 필요하다. 친구, 동료, 지인, 심지어 가족까지. 그래서 나는 밀당이 아니라 균형이라는 말로 표현하고 싶다.

나의 지난날, 밀당이란 단어의 숨은 뜻을 몰라 어떻게 하면 좋은 관계를 맺을 수 있는지 몰랐던 때가 있었다. 똑같이 생각했다. '그냥 재지 않고 좋아하면 안 되나?' 피하고 싶은 마음이라 그랬다. 어떻게 하면 상대가 나를 더 좋아해줄지 고민해야 한다고 생각했다. 머리가 지끈거렸다. 그러다 불같은 성격의 그 남자를 만난 후에야 깨달았다. 그 남자는 나를 놓칠까 봐 미친 듯이 질주하는 것 같았고 한 번에 너무 많은 에너지를 뿜어내다 결국 지쳐버렸다. 3천 미터를 달려야 하는 경주에서 100미터 달리기처럼 뛰니 지칠 수밖에. 장거리 달리기를 하려면 몸과 호흡의 균형을 맞춰야 한다. 초등학교 6학년, 장거리 달리기 시험을 보면서 느꼈다. 그래야 비슷한 리듬으로 끝까지 달려낼 수 있다.

연인 관계. 만남을 시작한 연애 초반에는 어느 한쪽이 조금이라도 더 많이 좋아할 수밖에 없다. 함께 출발하는 달리기에서도 서로의 속도는 다르다. 한쪽이 먼저 빠르게 뛰어가버리면 뒤처져버린 상대는 쫓아가기 버겁다. 쫓아가다가도 숨이 목 끝까지 차오르고, 헐떡거리다 어쩔 수 없이 포기할지도 모른다. 먼저 가버린 뒤에 돌아본 풍경은 혼자만 덩그러니 남겨져 있을지도….

우리의 달리기에서는 그 사람이 월등히 빨랐다. 그는 표현력이 거짓말같이 좋았다. 아낌없이 표현해주어 감개무량했다. 사랑을 받는 사람으로서 행복했다. 그럼에도 지나친 표현은 거리감을 주기도 했다. 내가 좋아하는 사람, 나를 좋아하는 사람을 모두 만나봤지만, 이같이 표현을 잘하는 사람은 만나보지 못한 터라 적응하려니 난감했다. '예뻐', '좋아', '섹시해', '귀여워', '멋져'를 수없이 말했다. 아직 관계가 단단하지 못했기에 진심인지 포장된 말인지 헷갈렸다. 나는 '진짜?', '정말?'이란 물음들을 많이도 쏟아냈다.

우리의 균형이 흔들리려 했다. 그래서 나는 오히려 좋아한다는 말이 목구멍까지 올라와도 표현을 아꼈고, 쫓지 않고 더 느리게 뛰었다. 그 사람도 나도 지치지 않도록. 나의 잔상이 안 보이자 그는 뒤돌아보았고 저 멀리서 차분히 기다려주었다. 그의 옆에 다시 섰을 때 함께 뛰기 시작했다. 그는 전보다 천천히 뛰었고, 나는 느렸던 속도를 조금 더 올려 뛰었다. 그러자 서로의 옆에서 나란히 뛸 수 있었다. 우리는 뛰다가, 풍경을 바라보다가, 잠시 쉬기도 하고, 같이 걷기도 했다.

검은 듯 푸르게

지금도 그는 '예뻐', '좋아', '섹시해', '귀여워', '멋져'를 표현한다. 아낌없이. 이제는 단단해진 믿음에 그의 모든 것이 진심이라고 느낀다. 표현을 어려워하던 나는 이제 익숙해졌고 즐거워졌다. 달이 기운 밤, 작업하던 나에게 슬며시 다가온 그는 나를 끌어안고 이마에 입술을 살짝 맞추었다. 할아버지가 되어도 똑같을 거라고 말했다. "할아버지가 되면 다르게 하지 않을까." 하고 말하니 그는 할아버지 흉내를 내며 똑같이 이마에 입을 맞춰주었다. 나는 소녀처럼 깔깔거리며 웃었다.

불안의 색

덜컹거리는 지하철. 멈춰 선 지하철 유리창 너머에 적힌 '죽전'
이란 글씨를 바라본다. 보던 책을 접고, 반지 낀 손을 주머니
에 넣어 핸드폰을 꺼내 들었다. 손가락이 글자를 쓴다. "나, 죽
전역이야." 보내진 문자. 1분 남짓 후 "지금 나가." 하고 답변이
왔다.

먹색. 나에게 불안은 까만색도 회색도 아닌 먹색이었다. 투두둑 하고 금세 빗방울을 떨어트릴 먹구름 같다고 생각했다. 살아감에 불안하고, 비교함에 불안하고, 걱정함에 불안하고, 두려움에 불안하고, 알 수 없는 미래에 불안했다. 사람이라면 느낄 수 있는 불안의 모든 종류는 비슷할 거라고 생각했다. 일이든 연애든.

불안이 최고조였을 때가 회사 다닐 때였다. 직장인이 되고 싶진 않았지만, 부모님의 권유대로 '한 번쯤이야' 하는 생각에 우연한 기회로 편집숍 온라인 엠디 역할을 맡게 되었다. 쇼핑몰에서 아르바이트를 해봤던 경력이 있어서 가능한 일이었다. 회사 자체는 나름 규모가 있었지만 내가 배정된 팀은 온라인이란 영역을 위해 처음 꾸려 나가기 시작한 팀이었다. 처음엔 나의 직책이 엠디인 줄도 몰랐고, 그저 추천으로 온라인 관련 일을 한다는 말만 듣고 들어갔다. 팀의 정체성이 오리무중이었다.

모든 잡다한 일은 다 해야 했고 나는 중간에 굴러들어온 돌덩이 같았다. 거기다 갓 들어온 내가 배우기엔 경력이 어린 사람들이 모여 있었다. 나보다 나이도 적었다. 그게 문제가 되진 않았지만, 초짜들이 모여 힘겹게 버텨가는 팀 같았다. 야근은 필수였으며 여유 시간은 주말에나 누릴 수 있었다. 아르바이트 할 때보다 돈은 두둑했다. 엄청 많이 버는 것은 아니었어도 지 갑에 돈이 쌓이니 하고 싶은 걸 더 많이 할 수 있었다. 그래봐야 쇼핑하고, 먹고, 놀고, 외모를 가꾸는 게 다였다. 돈 쓰는 즐거 움에 힘든 마음도 잊을 수 있을 줄 알았는데 얼마 가지 못했다. 겉모습을 위해 돈을 쓰니 허무함만 쌓여갔다. 마음이 여러 번 바뀌었다. 그만둘까, 말까.

무겁게 짓눌렀던 저녁, 집에 도착해 옷을 갈아입고 침대에 폭 걸터앉았다. 천장을 올려다보았다. 한참을 쳐다보니 동그란 형광등 불이 흔들렸다. 고개를 흔들어 벽을 따라 내려오니 거 울이 보였다. 침대에서 일어나 거울 앞으로 가 섰다. 거울에 비 친 '너'를 보며 물었다. "오늘이 네 생의 마지막 날이야, 너 회사 갈래?" 대답은 바로 나왔다. "아니."

아침에 일어나 출근하는 발걸음이 가벼웠다. 그날 점심에 팀장에게 그만두겠다고 말했다. 한 달 뒤, 퇴사했다. 아쉬움은 남아도 후회 없이 살고 싶었다. 돈은 좀 덜 벌더라도 내가 진정으로 하고 싶은 일을 하고 싶었다. 한결 가벼워진 몸을 편안하게 놓아두고 생각했다. 가슴속에 숨겨두었던 미술을 이용해 돈을 벌어보기로 마음먹었다. 아동 미술학원에 지원서를 넣는 것부터 시작했다. 좋아하는 걸 시작하니 불안감도 한걸음 물러났다. 하지만 줄어들었을 뿐, 색깔은 계속 먹색이었다. 대학교 때부터 한 번도 쉬지 않고 일한 탓일까. 얼마간 일을 안 했더니 다시 불안이 꾸물꾸물거렸다.

"넌 그거 모를 거야. 내가 널 데리러 갈 때 어떤 마음인지."

신혼집은 지하철역에서 걸어서 15분 정도의 거리. 천천히 걸으면 20분. 차 없는 내가 일을 마치고 늦은 밤에 집으로 돌아오는 날이면 그는 집에서 기다리다 나를 항상 역으로 데리러 왔다.

"어떤 마음인데?"

가끔 엉뚱한 말을 내뱉는 그. 언제나 같은 자리에서 기다리고 있던 그와 함께 집으로 돌아오자마자 물었다.

"빼앗긴 너를 되찾아 오는 느낌."

"날 누구한테 빼앗기겠어. 유부녀인데."

"사회한테."

그 말에 연애 때 통화하다 들었던 말이 떠올랐다. 그는 나에게 불안한 마음을 보여줬었다. 아마 내가 그와 함께 뛰다 지쳤을 때, 그가 뒤돌아보았는데 나의 잔상이 보이지 않았을 때, 그때였던 것 같다. 그는 이렇게 말했었다.

"모래 한 줌을 쥐고 있는데, 손가락 사이로 빠져나가는 것 같아."

순간, 나도 모르게 마음이 몽글몽글해지는 느낌을 받았었다. 그가 나를 그만큼 좋아한다는 의미였으니까. 입가에 소소한 미소가 올라왔다. 지금까지 어떤 연인을 만났어도 불안을 꺼내어 내비치는 사람은 없었다. 나 또한 숨겼던 불안을 그는 스스럼없이 말했다. 있는 그대로 솔직하게. 그리고 알게 되었다. 불안의 색깔이 먹색만은 아니라는 걸. 어디에 스미는지에 따라 색이 달라진다는 걸. 그의 그 불안은 물기에 촉촉해진 맑은 분홍색을 띠었다. 사랑받고 있다는 사실을 알게 된다는 것은 행운이다. 여태 내가 느낀 불안의 종류는 어두운 것들이었다. 사랑이든 일이든 남과 비교해야 하고, 지쳐야 하고, 걱정해야 하고, 두려워해야 하는. 그런데 그가 풍긴 불안은 비교하지도, 지치지도, 걱정하지도, 두려워하지도 않는 불안이었다. 아, 웃을 수도 있구나. 옅은 분홍색이 입가로 퍼져나갔고 핸드폰을 귀에 바짝 대고 그의 목소리에 귀 기울였다.

그 불안, 또 듣고 싶었다.

5
월
의
바
다

사랑받는다는 진실, 사실이 아닌 진실, 말이 아닌 행동을 보면
알 수 있다. 사람은 간혹 '다시는 그러지 않을게'라는 순간을 피
하기 위한 거짓말에 속아 넘어가기도 하고, 상처를 받을지언정
'사랑해'라는 달콤한 속삭임에 속아 넘어가기도 한다. 그렇게
믿고 싶기 때문에. 아니라는 걸 알면서 지독히도 미련을 버리

지 못하는 미련함이리라. 새빨간 입술 사이로 흐르는 거짓들에 휘둘리지 않으려면 행동을 보면 된다. 행동은 말보다 강하다.

음악을 즐겨 듣는다. 특히 혼자 있는 시간에. 음악을 특별하게 좋아하는 것은 아니다. 그저 사색을 좋아한다. 조용히, 홀로, 잔잔하게 흐르는 공간 속에서. 음악은 하나 남은 퍼즐 조각을 맞춰 넣은 듯한 기분이 들게 한다. 신혼집으로 몸을 옮긴 후로는 혼자만의 시간이 많아졌다. 그는 회사를 다니고 나는 프리랜서니까 일이 없는 날은 공간 안에 여유로이 남겨진다.

시간이 흐르면 저녁이 오고, 그 사람이 온다. 이젠 나도 그를 위해 요리를 하는 어엿한 주부라 저녁 준비를 했다. 현관문의 비밀번호 알림음이 그가 왔다고 알려주었다. 그와 함께 있는 저녁에는 음악을 잘 틀지 않는데, 그날따라 듣고 싶었던 노래를 들으며 요리를 하고 있었다.

"핸드폰으로 음악 듣는 거야?"
"응."

"스피커 하나 사줘야 하는데."

핸드폰의 음질이 아닌 좋은 음질로 음악을 들으라며 스피커를 사주겠다고 하는 그. 스피커가 한두 푼의 가격은 아닌지라 나는 "스피커 좋지~"라는 말만 남기고 사달라는 말은 하지 않았다. 핸드폰으로 음악을 들어도 나름 괜찮으니까. 어차피, 그는 내가 스피커를 사고 싶어 한다는 걸 알고 있었다. 몇 주가 지나고 부모님을 모시는 집들이를 했다. 집들이를 위해 우리는 마트에 들렀고, 마트에는 전자제품을 파는 코너가 있었다. 스피커가 다양하게 있었다. 그는 나에게 스피커를 고르라고 했다.

우리 집에 스피커가 생겼다. 핸드폰 음질로만 듣던 음악을 스피커로 들으니 귀가 정화되는 느낌이었다. 스피커를 타고 흐르는 음악은 나를 춤추게 했다. 깨끗한 음질과 적당한 베이스가 리듬감을 살려주어 저절로 흥이 났다. 그는 이미 춤을 추고 있었다. 나를 위해 샀다지만 그도 좋아하니 더할 나위 없이 기뻤다.

다음 날 저녁, 현관문 알림음이 귓전에 들렸고 어김없이 그가 왔다. 이번에는 스피커로 음악을 들으며 요리를 하고 있었다. 항상 집에 오면 티브이를 켜고 밥을 먹던 그는 티브이를 켜지 않았다. 나와 함께 음악을 들으며 식사했다. 요리하며 음악을 듣던 다음 날 저녁, 이번에도 그는 티브이를 켜지 않았다. 항상 티브이로 보던 유튜브 동영상을 말없이 핸드폰으로 틀더니 이어폰을 이어 귀에 꽂았다. 나는 요리를 하고 저녁을 먹는 순간까지 음악과 함께했다. 그가 이어폰을 귀에 꽂은 이유를 묻지 않았다. 배려라는 걸 알고 있으니까. 그래도 혹시나 하는 마음에 물었다.

　　"노래 꺼줄까?"

　　"아니, 내가 왜 이어폰을 꽂았는데."

　　"그치."

　　그의 마음 고이고이 알기에 말없이 식사하는 저녁이 참, 따뜻했다.

　　그와 만나기 시작한 지 두 달이 되던 즈음에 나는 많이 지쳐 있었다. 프리랜서라는 직업적 특성 때문인지 금전적 문제로 속

앓이를 했고, 모아두는 돈도 없이 버는 족족 작업에 투자하고
있었다. 미래 따윈 보이지 않았고, 알 수 없는 미래에 힘들어하
고 불안정했다. 갑갑함이 넘쳤는지 그에게 여행 가고 싶다는
말을 흘렸다. 단지 바람이었다. 진짜로 가야겠다는 생각은 안
했다. 그럴 물질적 여유가 없었으니까. 그는 어디를 가고 싶냐
고 물었다. 나는 그냥 바다가 보고 싶다고 했다. 그는 방 예약까
지 끝내놓고 강원도에 가자고 했다. 우리는 그 주말에 강원도
로 향했다.

　　강원도 경포대 옆 사근진해변. 해거름에 도착해 바다 앞에
위치한 숙소에 짐을 풀었다. 5월의 바다는 아직 거칠었다. 파
도의 울부짖음은 강렬했다. 조여왔던 감정이 씻겨나가는 듯했
다. 우리는 바다를 잠시 남겨두고 강릉시장에서 회와 소주를
사 들고 숙소로 돌아왔다. 옷을 편하게 갈아입고 다시 바다를
향해 걸었다. 발밑으로 느껴지는 차가운 모래 위에서 이미 저
문 해를 배웅하고, 달빛을 맞이하며 밤바다를 거닐었다. 나는
파도 소리에 위로받았고, 아득한 어둠 아래, 그날의 풍경을 눈
동자에 깊이 담았다. 사근진의 밤바다, 그는 내 마음에 약을 처

방해주었다. 숙소로 돌아와 그와 준비해둔 술 한잔을 기울였다. 불을 끄고 베란다 문을 열었다. 달빛에 의지한 채 파도 소리를 들었다. 눈앞에 놓인 소주보다 무겁고 짙게 깔리는 파도 소리가 더 달콤했다. 파도는 '쏴아'를 반복하며 귓전을 맴돌아 그와 나 사이의 공간을 채워주었다. 분위기에 취한다는 것은 이런 것이리라.

그래, 그는 그런 사람이었다. 지금도. 말이 행동으로 이어지는 사람. 내가 필요로 하는 것을 알아서 찾아주는 사람. 무엇이 가치 있는지 아는 사람. 진정함이 무엇인지 아는 사람. 표현도 잘하면서 행동도 백 점 만점. 그를 만난 것이 행운이라는 생각마저 들었다. 말로 표현한 적은 없지만, 그라는 사람을 만나 감사했다.

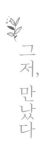

그
저,
만
났
다

얼마 전, 오랜만에 에이전시에서 진행한 앱 제작 시연회를 다녀왔다. 신기하게도 시연회에서 4~5년 전에 만났던 사람을 우연히 다시 만났다. 내가 떠돌이처럼 이 직업 저 직업을 알아보며 다니던 시기에 학예사 과정을 수료할 수 있는 강의를 들은 적이 있었다. 얼굴이 낯익어 생각해보니 거기서 만난 사람이었다. 같은 팀이 되어 강의를 들었었고 공부를 위해 몇 번 만났었다. 특징 있는 이름이라 기억하기 더 쉬웠다. 그녀는 처음엔 나를 제대로 알아보지 못했지만, 신기함과 반가움에 이야기를 주고받다 보니 기억해냈다. 그녀는 "세상 참 좁아요."라고 말했다. 세계의 땅덩어리를 생각하면 대한민국이 좁긴 좁다. 그렇지만 과연 우리가 단순히 세상이 좁아서 만난 걸까. 보고 싶다 그리 애타게 외치는 사람도 한 번을 마주치지 못하는데, 과연 그녀가 세상이 좁아서 그 자리에 있었을까. 그렇지 않다는 생각에 한 표.

미술 심리상담을 해주면서 가끔 연애에 지치고 힘들어하는 내담자들에게 '사람은 유유상종'이라는 말을 해주었다. 내가 말하는 유유상종은 끼리끼리 어울린다는 의미가 아니다. 비슷하긴 하지만 다르다. 생각을 바꾸면, 인식을 바꾸면 더 좋은 사람을 만날 수 있다는 의미였다.

'나는 왜 이런 남자만 만나는 거야!'

이렇게 외쳐봤자 남들이 만나는 그런 잘난 남자는 못 만난다. 내 과거의 연애를 떠올려보면 안타까움을 감출 수가 없다. 내가 나를 진정으로 사랑하지 않으니 진정으로 사랑받지 못했다. 말은 하지 않고 알아주기만을 바라니 엇갈렸다. 화가 나도 참고 인내하니 막 대해도 되는 사람처럼 비쳤다. 내가 나를 존중하지 않으니 존중받지 못하고 상처 자국만 선명했다. 우습다. 내가 나를 진심으로 대하지 않는데, 상대가 나를 진심으로 대할 거라 기대했다니. 내가 바라는 대로 해주기만 한다고 해서 관계가 얻어지는 게 아니었다. '사랑, 아주 많이 줄게. 너도 사랑 많이 좀 줘' 한다고 되는 게 아니었다.

아르바이트를 했을 때 한 동생이 해준 말이 생각난다. 내가 무서워 보인다고 했다. 무섭게 하지도 않았는데 그런 말을 들으니 인정하기 힘들었다. 나는 여러 명에게 내가 무서워 보이냐고 물어보고 다녔다. 돌아온 대답은 하나같이 'yes'였다. 무서운 사람은 아닌데 그래 보인다는 말이 대부분이었다. 집에서 거울을 들여다보았다. 무표정으로 마주친 거울 속 여자는 그늘이 드리워 있었다. 처진 입꼬리, 날카로운 눈동자, 화난 듯한 광대. 나는 처진 입꼬리라도 올려야겠다는 생각에 평소에 웃지도 않으면서 입꼬리를 올렸고, 웃을 때도 동그란 웃음이 아니라 반달 모양의 웃음이 되도록 연습했다. 그러자 서서히 달라지는 걸 느낄 수 있었다. 여유가 없을 때는 생각지 못했는데, 퇴사한 이후로는 마음도 활짝 열어보기로 했다. 보통 다들 하는 말도 떠올려보았다. 마음이 예뻐야 얼굴도 예쁘다는. 인생을 어떻게 살았는지 얼굴을 보면 안다는. 그래서 영화 〈예스 맨〉처럼 무조건 'yes', 편견 없이 'yes'를 외치고 다녔다. 그러니 신기하게도 내 인상이 변하기 시작했고 모르는 사람과도 쉬이 친해졌다. 마음도 한결 편해졌다.

자신만 모르지, 남들은 안다. 정확히 설명할 수는 없지만, 사람마다 풍기는 느낌이 있다. 말투부터 분위기, 표정, 행동 그리고 걸음걸이까지. 이전의 나는 그런 사람이었다. 받아주기 힘든, 함께 하기 불편한, 그런. 몸도 마음도 변해야 했다. 그전까지의 모습으로는 좋은 인간관계를 맺을 수 없었다. 내가 변하지 않으면 앞으로 만날 남자도 똑같은 놈들인 건 불 보듯 뻔했다.

늦은 밤 잠자리에 들기 전에 통화를 하면 가끔 그는 왜 이제야 나를 만났는지 "더 어렸을 때 만났으면 좋았을 텐데."라며 아쉬워했다. 물론, 나를 늦게 만나 그전 연애에 쏟아낸 노력의 시간들이 아깝다는 의미인 건 안다. 그래도 나는 반대로 생각했다. 이제 만나서 다행이라고. 과거에 만났다면 그 사람도 나도 서로 사랑하지 않았을 것이다. 만났다 해도 스쳐 지나갔을 것이다. 그때의 우리는 다른 생각을 하며 살았으니까.

10년 전 그의 모습을 들어보니, 밤낮없이 매우 바쁜 사람이었다. 나는 이해했을지 모르지만 참고 인내하다 속앓이를 했을지도 모르고, 외로워하다 헤어졌을 것이다. 사람의 만남에는 때가 있다. 운명론을 믿진 않는다. 그저 나의 마음이 흘러간 곳에 그가 있었을 뿐이다. 그의 마음이 흘러온 곳에 내가 있었을 뿐이다. 결 따라 흐르는 시간의 실타래 위에 마침, 우리는 연인이 없었다.

색
칠
공
부

이유 없이 화내지 않고, 화가 나도 참았다가 이성적으로 대화
할 줄 알고, 뒤끝이 없는. 사치 부리지 않고 자신의 주제를 아
는. 열정 담긴 꿈이 있고, 계속 발전할 줄 아는. 남자에게 기대
지 않고, 스스로 자신을 세우는 그런 현명한 여자. 그가 말하는
내 모습이다. 그는 나의 이런 면이 다른 여자들과 달라서 좋다

고 했다. 그의 주변 사람들이 하나같이 말했다고 한다. 그런 여자 없다고. 나는 속으로 생각했다.

'당연하지. 나는 나니까.'

그의 회사에 회식이 있던 어느 날, 연락이 없었다. 평소 같으면 회식 간다며 간단한 메시지 한 줄을 보냈을 텐데 퇴근 시간 6시가 지나고 회식 갔을 시간이 지나도 연락이 오지 않아 "회식 갔어?" 하고 메시지를 보냈다. 답변이 없었다. 그렇게 또 2시간 후 물음표를 보냈다. 그리고 1시간 후 전화도 해봤으나 받질 않는다. 별 탈 없겠거니, 그래도 조금 걱정이 올라왔다. "연락도 없고 답변도 없네." 하고 다시 메시지를 보냈다. 거의 11시쯤 되어서야 그에게서 전화가 왔다. 회사에다 핸드폰을 놓고 갔다고, 회식하다가 다시 회사에 왔다며 미안하다고 했다. 이해했다. 놓고 갈 수도 있지. 그러면서 그는 말을 덧붙였다.

"내가 핸드폰을 두고 와서 당황해하니까 다들 유부남이 핸드폰을 두고 다니면 어떡하냐고 큰일 난다고 그러더라고.

그래서 내가, 내 와이프는 사정을 말해주면 다 이해한다고 화 안 낸다고 말했는데, 다들 안 믿더라."

그가 보여주는 나에 대한 믿음에 안도감이 밀려왔다. 그런데 의문이 들었다. 왜 남자들은 핸드폰을 두고 왔다고 와이프가 화낼 거라고 생각할까. 여자들이 무작정 화를 내는 존재는 아닌데. 여자든 남자든 화를 내는 데는 이유가 있잖아.

남자가 생각하는 여자, 여자가 생각하는 남자에 대한 고정적인 이미지가 있다. 그 이미지는 오래전부터 서로 다른 성의 역할로 인해 축적되어온 이미지일 것이다. 유전적으로 힘이 강한 남자와 유전적으로 보호력이 강한 여자. 이 외에도 다른 점이 많겠지. 나도 별반 다르지 않다. 여자이고, 질투도 하고, 예뻤으면 좋겠고, 사랑받고 싶어 하는. 그가 생각하는 나의 모습은 경험을 통해 성숙해진 모습 때문이지 다른 '여자'와 달라서 그런 것이 아니다. 나도 한때 불안하고, 또 불안했던 여자였다.

나는 나만의 연애밖에 하지 않았으니 다른 여자들의 연애는 잘 모르지만 그래도 여자의 마음을 이해하고 공감한다. 유독 힘들게 연애하는 여자를 보면 안타깝다. 왜 그랬는지도 알겠고, 무엇 때문에 힘든지도 알겠으니까. 나 또한 그랬던 적이 있으니. 여자들, 지나간 사랑의 상처든 어릴 적 인간관계의 상처든 마음이 아파서 그렇다. 보듬지 못한 아픔을 자꾸 데리고 다니며 연애를 하니까, 스스로 치유하지 못해서 치유받고 싶어서 그렇다. 그 불안함에 남자들이 알 수 없는 이유로 화를 내고 토라지기도 한다. 그 마음 이해해주진 못해도 보듬어주고 알아주는 사람을 만나면 날카로움도 금세 부드러워질 텐데. 방식만 다를 뿐 남자도 그러지 않을까. 상처받은 사람은 누구나.

그 사람도 나도, 모두가 사람이다. 성(性)을 떠나서 사람. 그러니 성 역할로 나누어지는 이미지가 아니라, 그 한 사람 그대로를 바라봐주는 것이 적절하지 않을까. 혈액형으로 성격을 판단하지 않듯이. 사람들에게는 각자만의 성격이 있듯이. 각자가 만들어낸 모습엔 그만의 모양이 있다. 그 모양은 같은 여자끼리 남자끼리라도 다를 것이다. 그러니 여자라서 분홍색, 남자라서 하늘색의 색깔로 나누는 게 아니라 그 한 사람의 모양에 맞는 색깔을 칠해주는 게 맞지 않을까.

수리수리 마수리

두 남녀가 서 있다. 눈앞에 펼쳐진 바다는 평온하다. 유유히 떠
가는 배와 하늘의 갈매기, 해변을 따라 보이는 저 끝의 숲 자락,
표정을 알 수 없는 남녀의 뒷모습, 어쩐지 슬퍼 보인다. 감길 듯
눈부신 바다, 잔잔한 바람, 뜨겁지도 차갑지도 않은 날의 구름.
모든 전경에서 아련함, 아픔, 미움의 조각들이 밀려온다.

미술 심리를 공부하며 가장 득이 된 것은 그림 보는 방법을 알게 되었다는 점이다. 어떤 작품을 보더라도 느낌을 전달받을 수 있었고, 나만의 느낌으로 해석해낼 수 있게 되었다. 많은 그림을 보다 보니 표현력과 통찰력도 생겼다. 공부하길 잘했다는 생각이 든다. 감사하게도 찾아와주는 내담자들이 하나둘 많아지기 시작했다. 임시 공간으로는 부족해 새로운 공간을 얻게 되었다. 옮긴 지 얼마 되지 않아 궁금했는지 그가 놀러 왔다. 간단히 구경을 마친 그는 '어디 한번 그려볼까?' 하는 얼굴로 책상 위에 있던 도화지와 연필을 집어 들었다. 망설일 것도 없이 쓱쓱 그림을 그리기 시작했다.

도화지 위로 먹먹함이 툭 하고 퍼졌다. 그림은 푸르른데 보는 내 마음은 아렸다. 이유는 알 수 없었다. 완성된 그림 속의 남녀는 그와 나였다. 둘이서 바다를 바라보고 있었다. 표정은 보이지 않았다. 순간 생각난 대로, 손이 가는 대로 그렸기에 그의 마음이 그대로 묻어났다.

"오빠, 혹시 미워하는 사람 있어?"

그의 그림에서 미움이 보였다. 아픔도 보였다. 사람이, 사람이 미운 듯했다. 그동안 힘든 모습을 보여준 적이 없어서 혹시나 했다. 어쩌면 지난날의, 지난 사람의 상처일 수도. "사람 때문에 아팠던 적 있어?"란 물음보다 미워하는 사람 있냐는 추측의 물음이 적당할 것 같았다. 그는 당황하며, 머뭇머뭇하다 말했다. 회사에 좋아하지 않는 후배 동료가 있다며 여자 후배인데 한번은 잘못된 점을 바로잡아준 적이 있었다고. 그 이유인지 후배가 그의 뒷담화를 하고 다녔다고 한다.

'이런, 썩을.'

내뱉었다. 속으로만. 이게 여자친구의 진짜 마음이지만, 험한 말을 잘 안 하기도 하고 그의 앞에서 벌써 그럴 수는 없어 그냥 담담하게 받아주었다. 실은 그게 문제가 아니었다. 그가 다음번엔 내 얼굴을 그려주었는데, 그 그림에서도 비슷한 느낌이 드러났다. 이후로 그를 만나면서 점차 느끼게 되었다.

'아팠구나. 오빠도 많이 아팠었구나.'

그림은 거짓말을 하지 않는다. 사람의 마음을 나타내준다. 내가 그림을 사랑하는 이유 중 하나다. 속내를 말하지 않아도 표현할 수 있으니까. 날것이 아닌 은은함으로. 내 물음에 신기해하며 답했던 그는, 다시는 내 앞에서 그림을 그리지 않았다.

오
류
발
생

어느 길가 위, 쓰레기통 옆의 우체통을 바라보며 여자가 하는
말. "사람 마음이 전달되는 우체통인데 쓰레기통 옆에 있는 게
안쓰러워." 그 옆에 있던 남자가 하는 말. "편지만 전달하면 되
지 쓰레기통 옆에 있는 거랑 무슨 상관이야?" 여자와 남자의 생
각 차이. 뇌 구조가 어떻기에 이리도 다를까?

만남이 시작되고 서로가 떨어져 있다 보면 일어날 수 있는 사소한 문제들. 그놈의 카톡 '1' 때문에 싸웠다. 메시지를 보냈다. 그가 봤다. 1시간이 지났다. 근데 답변이 없다. 카톡의 장점이자 단점이 1이다. 메시지를 보내면 자동으로 문자 앞에 1이 생기고, 1이 사라지면 상대가 봤다는 표시다. 봤는지 안 봤는지 확실하게 알 수 있어 오해를 사기 쉽다. 그래서 나도 본 줄 알았다. 그런데 시간이 꽤 지났는데도 답변이 없어 어이가 없었다. 화를 잘 안 내는지라 화가 났다기보다 어이가 없었다. 그가 일을 하고 있는 것도 아니었고, 대화하다 끝맺는 문자도 아니었고, 대화하는 중이었는데. 그냥 두려다 2시간 후, 왜 답변이 없냐고 물어본다. 바로 오는 답변. 못 봤단다.

그래, 못 봤을 수도 있지. 그런데 다음에 또 그런다. '아니, 어떻게 하면 또 그럴 수 있지?'라는 생각에 따져보았다. 1이라는 숫자가 없어진다는 명백한 사실이 눈에 보이는데, 또 못 봤다고 한다. 뭔가 하느라 답변을 못 한 게 아니라 '못 봤다'고 하니 황당했다. 그는 아날로그 시대 때는 어떻게 살았냐며 따진다. 아니, 그때는 그때고 지금은 지금이지. 지금이 어떤 시대인데 아날로그를 따지나. 컴퓨터 그래픽 작업하시는 분께서 시대의 흐름을 못 읽으시는 것도 아니고, 못 봤는데 어떻게 하냐고 한다. 나는 '못 봤다'는 사실이 싫은 게 아니라, 이유를 알고 싶은 것이었다. 그렇게 되는 원인을.

이따위 카톡 때문에 따진 것이 아니다. '못 보고 안 보고'의 문제가 아니다. 배려의 문제이기 때문에 따졌다. 상대가 메시지를 봤다는 사실을 인지한 순간부터는 답변이 올 거라고 기대한다. 답변이 오기를 하염없이 기다린다는 게 아니다. 다만 답변이 올 거라는 사실을 인지하고 있다는 것이다. 얼굴 맞대고 하는 대화에서도 갑자기 딴청을 피우면 미안해지는 법인데 얼굴 없는 대화에서는 더욱 곤란하다. 천리안처럼 그가 무엇을 하고 있는지 아는 것도 아니고, CCTV를 그의 등 뒤에 달아놓은 것도 아니니, 나는 그의 행동을 알지 못한다. 서로 떨어져 있는 간격에서 발생하는 오류를 없애려면 작은 것도 신경 써줘야 하는 것이 연애의 예의라고 생각한다. 아직 알아가는 관계라면 더욱 그렇다. 아무런 이유를 알려주지 않고, 원인을 찾아보지도 않고 못 봤다고만 하면 오류는 계속 발생할 가능성이 크다.

알고 보니 그는 나와의 카톡 화면을 아예 열어놓고 보기도 하고 화면을 끄지 않고 둘 때도 있다고 한다. 그래서 간혹 가다 이런 상황이 발생했던 것이다. 그럴 수도 있다는 상황이 이해되자 나는 같은 상황이 생기면 '못 봤나 보다' 하고 넘어갔다. 아무렇지 않았다.

그는 원인을 생각해보고 말해준 다음, 이렇게 말했다.

"너도 여자구나."

거참, 기분 나쁘다.
'그래, 나도 여자다! 내가 그럼 남자니?'

12
시
가
지
나
면

진심. 사람의 진심은 어떻게 알 수 있을까. 나 이외의 사람들은
내가 아니기에 어떤 생각을 하는지 그 속마음을 알 길이 없다.
우리는 초능력자가 아니기 때문에 모든 것을 의심하며 살지 않
는 이상 속을 때도 있고 사기를 당할 때도 있다. 그렇다면 사람
의 마음을 알 수 있는 방법은 무엇이 있을까. 진실은 사실이 인

정되면 알 수 있지만, 진심은 무엇으로 알 수 있을까.

　비가 투둑투둑 떨어지는 날이었다. 밤부터 오기 시작한 비는 조금씩 굵어지기 시작했다. 왠일인지 그는 이태원 근처 빵 가게에 나를 데리고 가 먹고 싶은 케이크를 고르라고 했다. 진열장을 훑어보다 눈에 띈 복숭아 케이크. 단숨에 손가락으로 가리켰다. 그렇게 내 손에 들린 케이크 상자는 그와 나를 따라 차에 올랐고 함께 대학로로 향했다. 케이크를 산 이유가 궁금했다. 오늘이 무슨 날인지 묻자 그는 백일이라고 했다. 내일이.
　서른일곱이란 나이가 무색하다. 그는 핸드폰 바탕화면에 우리가 만난 지 며칠 되었는지 기록할 수 있는 앱을 깔아놓았다. 관계의 날짜를 여자인 나보다 그가 더 잘 챙긴다. 생일만 챙겨주면 기념일은 안 챙겨줘도 된다 했었는데, 그래도 챙겨준다. 기념일. 우리 꼭 이십 대 초반의 풋풋한 연애를 하는 것 같다는 생각을 했다. 그를 따라 내 나이도 무색해졌다.

　밤이 되어 대학로에 도착했다. 떨어지는 비 사이로 달려가 맥주 가게로 들어섰다. 세계 맥주 가게라는 것을 여실히 보여주듯 맥주병이 바닥 모서리부터 벽을 따라 진열되어 있었고, 맥주 브랜드 마크가 있는 색색의 액자들이 걸려 있었다. 어둠 속 잔잔한 조명 아래 계단을 밟고 2층으로 올라갔다. 다행히 손님이 많지 않아, 비 오는 창가의 명당자리가 남아 있었다. 아니, 1층에는 사람이 있었고 2층엔 손님이 아무도 없었다. 그는 나를 위해 가게를 빌렸다며, 흔하지만 웃음 짓게 하는 농담을 던졌다. 월넛색의 나뭇결 무늬 테이블을 사이에 두고 마주앉았다. 그는 케이크 상자를 올려놓고 꺼내지는 않는다. 케이크는 언제 꺼내느냐는 내 물음에 그의 손이 케이크를 꺼낸다. 촛불을 켜자고 하니 그는 안 된다고 했다.

"아직, 12시 안 지났어."

백일은 내일. 그는 내일이 되기 바로 전에 촛불을 켜려고 했다. 난 그냥 기념만 하려고 하는 줄 알았는데 그는 시간까지 챙긴다. 12시가 1분도 안 남았을 때 그가 초에 불을 붙였다. 분주하게 지나간 초들이 모여 12시가 되었다. 나는 촛불을 불었다. 웃고 있는 내 모습을 렌즈에 담아내던 그.

"나 이런 거 처음 해봐."
"나도."

　백일이라고 기념을 한다는 자체가 처음이라며 부끄러워했다. 나도 그렇다니, 그는 내 말이 거짓말 같다고 했다. 진짠데. 우리는 둘 다 처음으로 기념일이란 것을 챙겼나 보다. 밤 12시 2분. 그 사람이 챙겨준 날짜 위에 있었다. 창밖은 불투명해도 그는 선명했다. 그가 마련하고 내가 고른 케이크를 먹었다. 케이크보다 그의 진실된 마음이 더 달았다. 남자 나이 서른일곱, 이러기 쉽지 않다. 사람의 진심은 바라지 않아도 전하는 마음에서 번져온다. 바라지 않아도 해주고 싶은 그 마음에서.

　백일이 지나고, 이백일 때도 그는 케이크와 초를 준비했다. 삼백일 때도 준비했다. 생일 때도 그랬다. 기념일만 되면 케이크와 초를 준비해준 그 사람. 그러고 보니 신기하다. 케이크와 초가 있는 날이면 어김없이 그가 내 옆에 있었다. 어떤 날이든. 그와 함께한 행복한 날이 많았구나 하고 생각해본다.

검은 듯 푸르게

닫힌 방

불이 꺼진 공간. 아무것도 보이지 않아 발은 더듬더듬, 팔은 휘
휘, 손은 까닥까닥 움직인다. 눈을 감고 잠시 서서 기다리다 감
았던 눈을 지그시 뜬다. 눈동자를 움직여 어둠 속에서 희끄무
레하게 보이는 물체들을 하나씩 찾아낸다. 책상과 의자, 종이
한 장과 연필. 천천히 발을 한 발자국씩 옮기고 허공을 젓던 손

으로 의자를 잡고 끌어내 앉는다. 책상 앞으로 몸과 의자를 바짝 붙인다. 손이 살짝살짝 책상을 만지다 종이를 확인하고 연필을 찾는다. 찾은 연필을 오른손으로 잡고 왼손으로 위치를 조정한다. 종이의 크기를 손끝으로 가늠하고 선을 긋고 모양 하나를 그려낸다. 시간이 흘러도 켜지지 않는 불을 내버려두고 그렇게 익숙해져간다.

옷은 사람의 이미지를 만들어주기도 한다. 어떤 스타일로 입느냐에 따라 단순히 멋지고 예쁘고가 아니라 어떤 분위기의 사람인지 짐작할 수 있게 한다. 나는 자연스러움을 선호했다. 한껏 치장한 것보다 단순한 것들이 더 아름답다고 생각했다. 그래서 민낯이 그리 예쁘진 않으니 화장을 하더라도 옅게 했고, 옷은 입더라도 흰 티와 청바지를 자주 입었다. 어딘가에서 주워들은 '흰 티에 청바지만 입어도 멋진 사람이 진정 멋지다' 는 말을 머릿속에 새기며. 치마보다는 바지를 많이 입었고, 기본적인 옷들을 더 많이 사서 입었다. 가끔 눈으로 보기에 예쁜 옷들을 입어봤지만 나와 맞지 않다고 생각했고 그 생각은 정착되어갔다. 흰 티와 청바지는 거의 나의 전용 의상이 되었다. 덤

으로 가격도 저렴하고 어디에나 입고 다닐 수 있으니 무적의
옷이었다.

 "유니폼이네."

 내가 입고 다니는 옷들을 보며 그는 유니폼이라고 말했다.
발끈한 나는 모두 다르다며, 색깔만 같지 이 티셔츠는 브이넥,
저 티셔츠는 라운드라고, 청바지도 저건 반바지고 저건 일자,
저건 스키니라고 대꾸했다. 구두 신을 때랑 운동화 신을 때랑
도 느낌이 달라진다고 말했다. 말하면 뭐하나. 그의 눈엔 그거
나 저거나 다 같았다. 청바지는 청바지로만 보이고, 티셔츠는
그냥 티셔츠로만 보였다.

 "오빠가 원피스 사줄게."

 그는 거의 바지만 입는 내가 답답했는지 집에 치마가 없는
지 물었다. 한 개밖에 없다고 했다. 원피스도 없냐고 묻길래 결
혼식 갈 때 입었던 거 하나 빼고는 없다고 했다. 어이 없어 하더

니 치마 입는 모습이 보고 싶다며 그는 나를 백화점에 데리고 갔다. 잘 사보지 않은 원피스를 머릿속에 떠올리기란 쉽지 않았다. 어떤 스타일을 사야 하는지 기준도 없이 막연하게 원피스라는 이름만 생각하고 따라갔다. 두세 군데에서 옷을 살펴보고 그중 마음에 드는 곳으로 정해 들어갔다. 내가 마음에 드는 옷 세 벌을 골랐다. 그중에 하나는 제외되었고, 두 벌 중에 고민하기 시작했다. 그와 나의 선택이 갈렸다. 내가 마음에 드는 옷과 그가 마음에 드는 옷 둘 중에 무엇을 살까 하다가 결국 두 벌을 다 샀다. 원피스도 치마도 딱히 없는 나를 위해 다양하게 입어보라는 의미에서였다.

나는 그가 사준 옷을 안 어울린다 생각해도 입었다. 비슷한 종류로만 가득 있던 옷장에 색다른 옷이 끼어들었다. 두 개의 원피스에 함께 걸칠 만한 옷은 없었다. 그래도 입었다. 그랬더니 그는 원피스를 입은 날은 티 나지 않게 웃었고 예쁘다며 칭찬해주었다. 다음에도 그다음에도 쇼핑하다 하나씩 옷을 선물받았다. 가끔 맛있는 만찬을 사주는 것같이. 그렇게 시작된 우리의 쇼핑 때 나눈 대화는 이랬다.

"안 어울려."

"아니야, 어울려. 입어봐."

"모르겠는데."

"오빠 말 들어, 내가 더 잘 알겠다."

"다리 짧아 보여."

"안 짧아 보여."

"아닌데, 짧아 보이는데."

"착각이야."

　나의 패션 센스를 믿지 못하는 그는 나를 스타일링하기 시작했다. 점차 그가 제안해주는 옷들에 적응해나갔다. 가끔 나만의 스타일이 사라지는 것 같아 내가 원하는 대로 입었을 때 그의 마음에 안 들면 "너는 옷을 못 입어."라는 말을 들었다. 간섭받는 것도 별로였고, 놀림받는 건 더 별로였지만 그 덕분에 여러 가지의 옷을 입어볼 기회는 가질 수 있었다. 적응해나가니 어울리지 않는다고 생각했던 옷들이 점차 눈에 익어갔고 어울려 보였다. 새로운 옷들을 시도해가며 직접 사 입어보고 도

전하기도 했다. 그 덕에 다양한 옷을 입어보게 된 만큼 다양한 내 모습을 발견할 수 있었다. '옷이 날개'라는 말을 체감할 수 있었다. 어느 순간 옷이라는 고정관념 속에 갇혀 있던 나는 옷을 따라 생각의 시야도 한층 더 넓어졌다.

익숙함에 취하면 새로움에 적응하지 못하고 막힐 때가 있다. 익숙해진 편안함에서 벗어나 새로 적응해야 하는 어려움을 겪고 싶지 않아서. 자신이 생각한 것만이 옳다는 그릇된 관념에 갇혀서. 나는 고작 옷 몇 벌 입어보는 걸로 생각의 변화가 생길 거라고는 예상도 못했었다. 그대로 가만히 있으면 잃는 건 없지만, 얻는 것도 없다. 변화하려면 무엇이든 해야 한다.

part 3 ──────────────── 붉어진 푸른

난 선택보다 자연스러움이 더 두렵다.
흐르는 강물을 건널지 말지는 선택할 수 있지만
흐르는 강물의 흐름은 어찌할 수 없기 때문에.
그럼에도 불구하고 두려움을 이길 수 있는 것은 선택이다.

답이 없는 =

끔찍했다. 온몸이 얼어붙었다. 어떻게 해야 할지 몰라 멈추었
다. 그냥 서 있었다. 내가 뭘 해야 하지. 뭐라고 말해줘야 하지.
변명해야 하는 건가. 설명해야 하는 건가. 그에게 무슨 말을 해
야 하지. 혼란스러움에 소름이 끼쳤다.

"지금 미쳤다고 생각하지?"

맞다. 미쳤다고 생각했다. 나는 "아니." 하고 답했다. 그를 진정시켜야 할 것 같아서. "어."라고 하면 그의 자괴감만 커질 것 같았다. 서로 잠시 동안 각자의 영역에서 소리 없이 서 있었다. 그는 바닥으로 내리쳐 산산조각이 난 핸드폰을 집어 들었고, 타다 남은 분노를 흘리며 집으로 걸어 들어갔다. 그 모습에 나도 잠시 서성이다 정지된 생각을 놓아두고 따라 들어갔다.

그의 집 근처 치킨집에서 차가운 맥주와 따뜻한 치킨을 앞에 두고 여느 때와 다름없이 대화하고 있었다. 대화의 주제는 죽음이었다. 그는 죽음이 두렵다며 삶의 영속성에 대해 말했다. 그 영속성을 자식을 통해 얻고 싶다고 했다. 나는 그와 다른 생각을 하고 있었다. 내가 말했다.

"인간은 어차피 죽잖아."

그의 마음을 이해는 하지만 죽음이 두렵다는 말은 이해하지 못했다. 지구 상의 생물은 언젠가 죽어야 하는 운명인데 뭐가 두렵냐고 했다. 죽음은 두려운 것이 아니라고 주장했다. 그는 두려운 이유에 대해 정확히 설명하지 못했지만, 만약 오늘 죽는다면 자신이 소멸할 것이고 이 세상에 남지 못하니 그렇다고 했다. 나는 그의 속 깊은 생각을 이해하고 싶어 계속 질문했다. 그런데 그게 화근이었다.

그 마음을 몰라주는 내가 미웠는지 점점 그의 몸 안에서 열꽃이 자랐다. 언성이 높아지면서 결국 꽃을 피운 열꽃. 치킨집을 나와 거리를 걸으며 언쟁했다. 자신을 왜 설득하려 하냐며, 그냥 두려움을 말해주고 싶었던 거라고 했다. 이해하고 싶어 물었던 나의 질문이 이해하지 못한다는 의미로 전달되어버렸다. 그는 분노했다. 죽음에 대한 우리의 무의식이 엇갈렸다.

죽음에 대해 생각해본 지도 어언 20년이 더 지났다. 초등학교 3학년 이후, 그저 눈 뜬 아침마다 나의 존재를 확인할 수 있어 살아왔고, 가끔 죽음을 떠올리며 나를 비춰보았다. 나 자신을 소중하게 받아들이지 못한 탓인지도 모른다. 그때는 지금 당장 죽어도 후회가 없을 것 같았다. 죽어야겠다는 결심을 해봤던 것은 아니지만 '죽으면 어떨까'라는 의문은 품어왔다. 아팠던 마음이 치유되면서 점차 후회 없는 삶을 살자는 동기로 변화되었지만, 품었던 의문은 무의식 속에 잔잔히 자리 잡아온 것 같다.

그래서일까. 나로서는 죽음이 두렵지 않다. 죽음이라는 순간을 맞이한다면 무서움에 사로잡히겠지만 죽는다는 사실에 떨지는 않을 것이다. 태어나는 것과 마찬가지로 무(無)로 돌아가는 것은 당연한 이치이니 이를 받아들이는 것 또한 자연스러운 거라 생각한다. 인간의 몸은 소멸하겠지만, 좋든 나쁘든 나로 인해 타인들에게 영향을 미치고 다시 타인들에 의해 꽃씨처럼 흩날려 어느 곳엔가 자리 잡을 것이므로. 나를 기억하지 못함에 슬퍼할 일이 아니며, 모든 인간 속에 나 또한 같은 사람으로서 존재했다가 원래의 자리로 돌아갈 뿐이라 생각한다.

두려워한다는 그의 마음이 두렵지 않기를 바라는 마음에 그랬던 걸까. 어디까지나 내 생각이니 굳이 그에게 전달할 필요는 없었는데. 그저 '그렇구나. 아, 그렇구나.' 하고 받아주면 그만일 것을 이 진지한 이야기를 함께 나눠보겠다고 욕심을 부렸다. 주제가 무거웠던 만큼 진중했다. 이해하지 못할 것을 이해하려고 노력하니 내 주장만 펼친 것으로 오역되어버렸다. 그의 분노와 전해지지 못한 생각은 남겨진 거리에 물들어 안타까움으로 번져갔겠지. 안타까움. 친구의 마음도 공감해주는 내가 그의 마음을 공감해주지 못했던 건 이해의 정도를 넘어서 거리의 문제 아니었을까. 나와 그의 마음이 같기를 바라는 어리석은 마음으로.

짙은

"씨발."

"뭐라고? 지금 씨발이라고 했어?"

　　싸웠다. 술에 취한 그가 내가 보고 싶다며 전화했는데 싸우고 말았다. 기억나지 않는 이유는 뒤로하고 아픈 감정만 남았다. 꼬챙이가 쑤욱 하고 들어오듯 그가 뱉은 단어가 가슴 깊숙하게 꽂혔다. 나한테 내뱉은 단어는 아니었어도 그와 나 사이에 끼어든 단어였다. 나와 싸우다 튀어나온 단어였다. 그는 남자라면 할 수 있는 말 아니냐며 오히려 역정을 냈다. 싸우다 욕을 듣는 건 난생처음이었다. 다음 날 아침 전화해서 말했다. 욕을 했다고. 그는 미안하다며 실수했다고 한다. 기억이 안 난다고 했다. 황당했다.

그가 술 취한 날 또 싸웠다. 또 욕을 들었다. 내 귀에 약을 발라야 하나 싶었다. 술에 취했다 해도 대화하고 싶은 나는 서슴없이 하고 싶은 말을 했다. 그게 잘못이었나 보다. 평범한 대화다 싶었는데, 하고 싶은 말 안에 그의 예민함을 건드리는 무언가가 들어 있었나 보다.

그리곤 느꼈다. 아, 한없이 솔직한 사람이구나. 표현력이 괜히 좋은 사람이 아니구나. 좋으면 좋다고, 화나면 화난다고, 슬프면 슬프다고, 아프면 아프다고, 모든 걸 다 쏟아내는 사람이구나. 그래도 욕은 좀 아니잖아?

다음 날 아침 전화해서 말했다. 욕을 했다고. 그는 또 했냐며 미안하다 했고, 이번에도 기억이 안 난다고 했다. 다음부턴 하지 말라고 이야기했다. 그는 알겠다고 했다.

또 싸웠다. 또 욕을 들었다. 대책이 필요했다. 술 취한 그와 통화하며 말했다. 오늘 이후로 한 번만 더 나와 싸우다 욕을 하면 나에게 차 한 대를 사달라고 했다. 처음엔 백만 원을 달라고 말했다가 그걸로 되겠냐고 더 강한 걸로 하라길래 차로 변경했다. 그리고 경각심을 주기 위해 녹음을 하겠다고 말했다. 하라고 하니 실제로 녹음기를 켜서 증거를 남겼다. 그리고 일러주었다. 증거는 남았다고. 그러자 내가 밉단다. 욕을 한 그가 내게 밉다고 했다. 난 잠이나 자라며 전화를 끊었다. 세 번의 욕을 한 그는 이후에 나와 싸우다 욕을 하지 않았다. 아주 가끔은 했다. 봐줄 정도로만.

듣는 것만으로도 거부감이 느껴지는 것이 욕이다. 욕을 하는 사람이 나쁜 사람은 아니지만, 욕은 사람을 나빠 보이게 만든다. 물론 그 또한 표현의 한 방법이긴 하다. 하지만 올바른 표현법은 아니다.

20대 초중반의 나는 욕을 가끔 했다. 그래야 감정도 풀 수 있고 내가 강해 보일 거라는 대단한 착각을 했다. 오히려 성난 사람으로 보이게 했을 뿐인데. 사실은 그때도 욕은 싫어했다. 그럼에도 강렬하게 몰려오는 부정적인 감정을 어떻게 다뤄야 할지 몰랐다. 그래서 타인을 향하지 않는 나를 위한 욕을 했다. 기분 나쁘거나 안 좋은 감정을 받았을 때 튀어나온 적이 있었고, 내 마음을 알아주는 사람이 없어 혼자 스트레스를 풀려고 툭툭 흘려댔다. 인간관계를 맺을 때 내가 약해 보이고 만만해 보일까 봐 센 척하려고 그러기도 했다.

　　그 시절엔 몸속에 암흑 덩어리가 있어 공격할 수 있는 거라면 무엇이든 생산해냈다. 욕이 아니더라도 상처 낼 수 있는 단어들을. 후에 누가 뭐라고 하든 상관하지 않는 단단하고 유연한 사람이 되자 칼날 같은 말을 하지 않아도 되었다. 하지 않는 게 아니라 하지 않아도 된 것이다. 어떤 말을 들어도 나는 나이며 내가 달라질 일이 없기에. 타인의 시선에 흔들리지 않고 온전히 나로서 존재할 수 있기에. 욕을 하지 않아도 감정을 표현할 방법은 많기에.

경험상 안다. 그래서 더 정확히 안다. 습관적으로 욕을 하는 사람은 반대로 마음이 약한 사람이라는 걸. 마음의 중심이 없고 흔들리니 타인의 시선을 의식해 자신이 약해 보일 것 같다는 불안을 느낀다는 걸. 욕은 약해 보이는 자신을 숨기기 위해 만들어진 방어 중의 하나라는 걸. 마음 깊숙이 부정적 감정이 뿌리 내리고 있다는 걸. 욕은 타인에게 자신의 생각을 제대로 표현할 줄 몰라서 제멋대로 나오는 단어다. 화는 나고 울렁이는 분노는 주체할 수 없는데 표출은 해야 하니까 나오는 것이고, 어떻게든 폭발하듯 나오는 말이다. 욕의 의미를 살펴보면 남을 비하하거나 무시하기 위한 말이 많다. 물론, 욕은 카타르시스를 주기도 하고 진정 필요할 때도 있다. 타인을 향한 것이 아니라면 가끔 표출을 위한 방법으로 사용되기도 하지만, 습관적으로 욕을 많이 한다면 자신의 내면을 살펴볼 필요가 있다. 욕은 내뱉는 순간 몸이라는 밭에서 잡초를 자라게 한다.

술에 취한 사람은 그냥 재우는 것이 최고라며 그는 자신이 전화해도 그냥 재우라고 충고해주었다. 그게 욕을 하지 않기 위한 좋은 대처법은 아니지만, 웬만하면 재웠다. 그가 욕을 했어도 생활화된 사람은 아니었다. 단지 감정을 토해내고 싶어 후드득 떨어트린 단어였다는 걸 안다. 내가 겪은 그는 좋은 감정이든 나쁜 감정이든 참기 힘들어 뿜어내야 하는 사람이었기에 그를 오해하기보다는 이해했다. 그렇다고 누구에게서도 들어보지 못했던, 내 앞에 떨어진 단어로 인한 상처는 바로 아물지 않았다.

나는 한 발자국 물러나 그를 더 지켜보기로 했다.

다독다독

지나친 걱정으로 바라보는 시선은 부담스러워서 꼬르륵 깊은
물속으로 숨고 싶어진다. 걱정이 많으면 간섭도 하는데, 지나
친 간섭으로 신경 쓰면 믿음이 사라진 것 같아 아무 말 없이 입
을 꾹 닫아버리고 싶다. 간섭이 많으면 잔소리도 하는데, 지나
친 잔소리를 늘어놓으면 못난 아이가 되는 것 같아 질식할 것

같다. 못난 아이가 되면 한 단계씩 자신을 낮추게 되어 열등감의 새싹을 틔운다. 성장을 위해선 수많은 실패를 해보는 게 당연한데, 지켜만 봐주면 좋으련만.

부모가 자식을 걱정하는 당연하면서도 숭고한 감정은 지나치면 독이 되기도 한다. 여자라 더 심하지 않았을까. 부모님에게 나는 언제나 아이겠지만, 무엇이든 걱정하며 바라보는 눈빛은 결혼하니 끝을 맺었다. 엄마에게 가장 많이 한 말이 "걱정마. 내가 알아서 할게."가 아닐까.

새해가 되면 엄마는 항상 가족들의 사주를 보고 오시는데, 언제쯤인가 단골 철학관 선생님이 "딸은 알아서 잘하니까 내버려둬도 된다."라는 말을 했다며 나에게 알려주셨다. 그래도 엄마는 엄마였다. 여러 방면으로 걱정이 많은 엄마는 멈추지 않는 기관차였다. 대학교 졸업 이후로 '칙칙폭폭'만 안 했을 뿐 걱정스러운 마음은 여전히 전해졌다. 딸로서의 바람은 그저 믿어주고 지켜봐주는 것, 어떤 일을 하더라도 인정해주고 응원해주는 것이었다.

그를 만나고 약 6개월 동안은 남자친구가 생겼다는 말을 부모님께 하지 않았다. 연애의 자유로움이 사라질 것 같았고, 간섭할까 무서웠다. 그는 나와 다르게 부모님한테도 주변 사람들한테도 이야기했다. 나를 소개하며 여자친구가 생겼다는 말로 그치지 않고 자랑도 했다. 내 그림을 보여주며 작가라면서. 나는 스스로를 그리 높게 평가하지 못했는데 그는 나를 굉장한 사람으로 만들어주었다. 마치 대단히 잘난 사람처럼.

"대단하지도 않은데 뭘 그렇게 자랑해."
"사실이잖아."

내가 그림을 잘 그리니 잘 그린다 말한 것이고, 작가니까 작가라고 말한 것이라 했다. 있는 그대로의 사실이라면서. 그는 게임 회사를 다닌다. 회사에는 원화 작가를 했던 사람도 있고, 미술을 했던 사람도 있고, 캐릭터를 수도 없이 보는 사람들일 테다. 그는 동료들이 내 그림을 보고 대단하게 생각했다며 자랑스러워했다. "그림의 종류가 다르잖아." 하고 겸손을 떨었지만 내심 기뻤다. 그에게 받은 감사함은 거기서 끝나지 않았다.

"사슴 눈에 초원이 보이는 것 같아. 빛의 느낌이 정말 좋다."

내 사슴 그림을 보며 그가 한 말이다. 전시를 위해 동물 그림들을 그렸는데, 그중에 사슴이 있었다. 그의 감상평에 감탄했다. 보통 사람들은 '멋지다', '어떻게 그린 거야?', '진짜로 그린 거 맞아?' 등등의 말이 전부였는데 그는 달랐다. 감탄할 만했다. 그런 그가 내 그림으로 자랑을 하고 다닌다니 더없이 고마웠다. 거의 13년간 미술학원을 다녔을 때 이후 처음으로 인정받는 느낌이었다. 그 느낌이 나에게 얼마만큼의 크기로 다가왔는지 아마 그는 가늠하지 못하겠지.

그에게는 나와는 다른 배우고 싶은 면이 있었다. 자기 칭찬을 스스로 잘하고, 자신의 업적을 자랑스럽게 생각한다는 점. 가끔 장난 같은 잘난 척을 할 때면 얄미웠지만. 보통 나의 경우엔 내 작업에 대한 자긍심이 부족했다. 타인과 비교하며 '이것밖에 못 하나.'라는 생각으로 자책해왔다. 이제 성인이라 나를 인도해줄 선생님도, 갈 길을 잡아줄 멘토도 없으니 나 혼자만의 싸움이었고 고군분투하며 좌절도 했다. 어쩌면 그 와중에 그는 나에게 오아시스 같은 느낌이었던 듯하다.

나는 인정받고 싶은 인간의 욕구를 참 많이도 가지고 있었다. 유치원에서 친구들에게 그림을 나눠주기 시작했을 때부터 대학교에 입학하기 전 미술학원에서 칭찬받았던 날까지 그 원초적 욕구는 내가 살아오는 데 커다란 원동력이 되어주었다.

　사실은 그 인정, 그 누구도 아닌 부모님께 가장 듣고 싶었는데, 부모님은 부모이기에 나를 일하는 딸보다는 자신들이 키운 자식으로 보는 시선이 더 컸던 것 같다. 지금은 감사할 만큼 표현해주시지만 예전엔 고맙다거나 미안하다는 말도 제대로 하지 못하셨다. 우리 때와 달랐던 부모님의 시대는 가부장적이었고, 생활하기 바빴고, 서로 표현하며 살기보다 걱정하며 사는 것이 일상이었을 것이다. 딸이 그린 그림에 관심을 기울인다기보다는 딸이 미술을 지속할 수 있도록 지원해줘야 한다는 걱정 같은. 이것이 인정받고 싶던 내가 유달리 걱정의 말을 더 많이 들을 수밖에 없었던 이유가 아닐까.

괜찮을까?

조그마한 내 방. 어두웠던 방이 은은하게 밝아지고 있었다. 머리맡 창문으로 들어오는 달빛이 전날보다 가까워졌다. 기분 좋은 흐름이 둥실둥실. 미소 한 모금, 두 모금, 세 모금. 몸이 가벼워졌다. 떠 있었다. 분명 침대에 누워 있었는데. 행복한 말 한마디에 붕 떠오르는 순간의 모습이란 이런 것일까. 그런데 그것도 잠시, 거품처럼 부풀어 오르다 이내 터져버렸다.

귓가에 잔잔히 울려 퍼지는 그의 목소리. 밤마다 핸드폰을 귀에 바짝 대고 통화했던 우리. 만남을 시작한 지 4개월쯤 되었을 무렵 그는 결혼에 관련된 이야기를 자주 했다. "누가 결혼한대."라거나 "주변에서 결혼 안 하냐고 자꾸 그러네."와 같은. 한두 번은 그냥 그렇구나 하고 넘겼는데 반복되는 말에 그의 마음을 읽어버렸다.

"오빠, 나랑 결혼하고 싶어?"
"… 어! 그러면 안 되냐?"

나의 갑작스러운 반격에 그는 당황한 듯 큰 소리로 대답했다. 직접적으로 말하기보다 돌려 말하는 것을 더 좋아하는 그가 부끄러워서 하지 못하는 말에 내가 돌직구를 날렸다. "어!"라고 하는 그의 답변에 순간 몸이 가벼워지는 듯한 기분이 들었다. 프로포즈 아닌 프로포즈 같았다.

그러다 잠시, 결혼이란 현실을 떠올리니 낯선 세계가 훅 하고 들어오는 느낌이었다. 이내 붕 떠 있던 기분이 순식간에 가라앉았다. 나는 애매해진 기분으로 이유가 뭐냐고 물었다. 그는 제대로 말하지 못했다. 나중에 정리해서 알려달라고 했다. 듣고 싶었다. 결혼이라는 쉽지 않은 결정을 한 이유, 하고 싶은 마음뿐이더라도 나와 하고 싶은 이유에 대해서. 나로선 아직 그에 대한 믿음이 쌓였다가 무너지고 쌓였다가 무너지기를 반복하던 중이었다. 가볍게 던진 말이라도 신중하게 생각해야 했다.

나의 돌직구를 받은 다음부터 그는 결혼 이야기를 꺼내지 않았다. 오히려 결혼이란 주제는 나에게 굴러들어왔다. 생각지도 않았는데 생각거리가 생겨버렸다. 크게 개의치는 않았지만, 문득문득 떠오르게 했다. 내가 결혼을 해도 괜찮을까? 그와 결혼해도 괜찮을까? 괜찮고 안 괜찮고의 기준을 무엇으로 세울 수 있겠느냐는 스스로의 물음에 고개를 갸웃하다 이내 생각하기를 그만두었다. 생각이라는 굴레보다는 내가 할 일과 그와 연애하는 현재에 눈을 돌리기로 했다.

다만 결혼이란 걸 한다면 평생을 함께해야 하는데, 한번 살아보는 것이 아니라 진짜 살아야 하는데, 그가 나의 단점까지 감당해줄 수 있는 사람인가에 대한, 그가 나의 어둠까지 무심코 받아줄 수 있는 사람인가에 대한 막연한 호기심이 생겼다. 그래서 나는 다음번에 기회가 된다면 나의 깊은 상처를 털어놓아야겠다고 생각했다.

무
심
함

누구나 한 번쯤 고통을 겪게 된다. 삶이 고통 없이 지속될 수 있
을까. 마냥 행복하기만 한 사람이 있을까. 행복만 있는 삶이 과
연 행복한 삶일까. 웃음만 있는 나라가 있다면, 웃음 나라 주민
들의 집에는 시꺼먼 덩어리를 숨겨놓은 상자가 있을 것 같다고
생각해본다. 유독 웃음이 많고 긍정적인 사람을 보면 가엾다.

붉어진 푸른

129

슬퍼하는 사람보다 감정을 내보이지 못하는 사람이라 억지스러워 보일 때가 있어서. 드러내지 못한 슬픔이 분명 마음속에 자리 잡고 있을 텐데. 그중에 몇몇은 고통을 딛고 일어난 사람도 있겠지. 고통을 느껴보지 못했다면 그처럼 밝고, 에너지 넘치고, 아름다울 수 없을 테니까. 캄캄한 밤하늘에 별이 빛나는 것처럼 어둠이 있기에 빛의 소중함을 알 수 있다.

소설 한 구절을 읽었다. 아이가 악을 쓰며 소리치는 구절이었다. "가지 마. 가지 마아! 가지 마아아!" 길 위로 흩어지는 소리가 주인공에게까지 가닿았다. 주인공은 생각했다. 이 아이도 지금의 아픔을 10년, 15년이 지나면 까맣게 잊어버리고 어른이 되어 있을 거라고. 나는 생각했다.

'가슴에 구멍은 남겠지.'

하교 시간이 지난 학교. 적막이 흐르는 교실 안. 무겁지도 가볍지도 않은 공기. 세 명의 어리디 어린 소녀. 한 소녀가 값싼 나무로 된 책상 위, 예쁜 포장지로 싼 고무판을 바라본다. 그 시절 소녀들 사이에선 고무판을 포장지로 싸는 것이 말하지 않아도 당연한 듯한 자연스러운 일이었다. '쓱' 금이 간 포장지. 그 밑으로 상처 난 고무판. 아무렇지 않게 다시 '쓱', 몇 번의 칼질은 책상을 난장판으로 만들어놓았다. 칼질하던 소녀는 다른 두 소녀를 불러 상처 낸 모습을 자랑스러운 듯 보여주었다. 세모 난 또는 네모난 포장 종이들이 흩뿌려져 있었고, 초록색의 고무판이 성이 난 듯 살갗을 드러내고 있었다. 그 사이로 칼로 쓰인 글씨가 강렬히 눈에 들어왔다. 같은 반 여자아이의 이름, 하트, 다른 반 남자아이의 이름.

다음 날, 웅성거리는 교실. 반의 모든 아이들이 둥그렇게 둘러서 있다. 그 안에 서 있는 소녀와 무릎 꿇은 소녀. 찢어진 고무판의 주인인 소녀가 손을 올려 무릎 꿇은 소녀의 뺨을 억척스럽게 때렸다. '착' 소리가 공중으로 흩어졌다. 웅성거리던 교실은 어떤 소리도 머금지 않았다. 고무판 때문이었고, 고무판에 새겨진 글씨 때문이었다.

"나, 초등학교 3학년 때 이야기해줄까?"

"뭔데?"

"친구한테 뺨 맞았었어."

늦은 밤, 불이 꺼진 어두운 방 안에서, 그와 통화하다 문득 주제가 그렇게 흘러갔는지 적절한 타이밍에 맞춰 이야기할 수 있었다. 그가 대답했다.

"응."

그의 대답은 그게 끝이었다. 잠시, 당황했다. 누워 있던 몸을 일으켜 앉았다. '응'이라고? 그의 무심한 한마디에 멍해졌다. 내가 생각했던 대답은 '진짜?', '왜?', '뭐 때문에?' 등의 말이었다. 그런데 '응'이라니. 누군가에게 처음으로 나의 치부를 덮은 이끼를 벗겨내려 하는데 돌아온 대답은 겨우 '응'. 짧은 정적을 사이에 두고 수많은 생각이 스쳐 지나갔다. 10살이 겪기엔 혹독한 경험이었다. 다음 날 고무판에 칼질을 한 친구가 학교에 먼저 도착해 거짓말을 해놓았다. 해명할 틈도 없이 내가 범인이 되어 있었다. 나는 많은 친구들 앞에서 억울한 수모를 당해야 했다. 어리석게 알면서도 감싸주었다. 선생님에게도 엄마에게도 말하지 않았다. 엄마끼리도 아는 친한 친구였으니까. 지지리도 멍청했다. 그때부터 친구 관계, 사회적 관계에 민감해졌다. 표출되지 못한 분노는 아주 잘 자랐다. 치유되지 못한 앙금이 쌓이고 쌓여 밖으로 나가지 못해 헤매니 썩어갔다. 10살 소녀가 책상에 앉아 분노를 억눌러 눈물을 토해내며 일기를 쓰는 뒷모습이 아른거린다. 괴로움의 나날들이었다.

"누명을 썼어."
"그래."

더 설명할 수가 없었다. 풀어내려고 했던 말들을 주섬주섬 담았다. 이런저런 말을 해주려 했는데, 그가 받아주길 바랐는데, 서운함이 밀려왔다. 당혹스럽고 혼란스러웠다. 화제를 돌려 대화를 하다 그와 전화를 끊었다. 천천히 몸을 눕혔다. 이불을 움켜 안고 생각했다.

'내 말이 잘 전달된 건가. 더 말하지 않은 게 나은 건가.'
'그 일이 별 게 아닌가. 나한텐 굉장히 큰일이었는데.'

조용히 생각이 흘렀다. 머릿속은 어지러웠다. '그 일이 별 게 아닌가.'라는 생각이 반복되어 올라왔다. 방이라는 작고 네모난 공간 속에서 미동도 없이 있었다. 그러다 서서히 잠잠해졌다. 어지럽던 머릿속이 정리되자 이내 다행이란 생각이 들었다. 한편으론 고맙단 생각마저 들었다. 굳이 말하지 않아도, 아픈 상처를 끄집어내지 않아도 되어서였을까. 희한했다. 차분히 시간이 지나자 서운했던 '응'과 '그래'가 마치 괜찮다고, 누구나 상처는 있는 거라고, 누구나 그럴 수 있다고, 덮여 있던 이끼 속 그 모습 또한 좋다고, 지금 있는 그대로의 모습도 좋다고, 말하지 않아도 안다고, 넣어두라고 하는 것 같았다. 만일 내가 기대했던 반응대로 흘러갔다면 어땠을까? 심리적으로는 묵힌 감정을 풀어내는 것이 가장 좋겠지만 아마 나는 다시 초등학교 3학년 시절의 나로 돌아가 슬픔에 잠겨 헤맸을지도 몰랐다.

눈꺼풀이 무거워지고 마음이 가라앉자 어느새 그의 무심함이, 울렁이던 심장을 살며시 감싸 안고 있음을 느꼈다. 춥지도 덥지도 않은 적당한 온기로.

보
라

빨강과 파랑이 섞인 보라색. 차갑지도 따듯하지도 않은 중간. 보라색이란 명칭은 누가 지었을까. 그 많은 이름 중에서 하필이면 왜 보라일까.

　20살 초반까지 내 이름은 '보라'였다. 이름을 바꾸었다. '재희'로. 친오빠 이름에 '재'가 들어가서 '재'를 따라 썼다. 나만 빼고 오빠와 사촌들의 이름은 다 '화' 자 돌림이다. 나만 특별한가 싶었는데 알고 보니 그리 특별하지도 않았다. 유치원을 지나 초등학교에 가니 같은 이름의 친구가 있었고, 중학교엔 '보라'가 세 명, 고등학교에도 대학교에도 '보라'가 있었다. 사회에 나와 아르바이트를 하는데도 '보라'와 함께 일했다. 티브이를 보는데 연예인 이름도 '보라'. 세상엔 '보라'가 너무 많았다.

대학교를 졸업할 때까지 나에게는 아군과 적군이 있었다. 적군을 만들려고 한 건 아니었는데 신기하게 뒤에서 나를 뒷담화하는 친구들이 꼭 있었다. 나와 단짝 친구의 사이를 갈라놓으려 하거나 내가 친하게 지내는 무리에서 나를 빼내려는 친구들이 있었다. 그래서 친구 관계가 힘들기보다 참, 피곤했다. 내가 만만했나. 그런 사춘기 시절은 폭풍 같은 날들이었다.

엄마와의 싸움은 말할 것도 없었다. 안 되는 것이 많은, 혼자 할 수 있는 일이 적은 나이였다. 20살 이전의 '보라'는 '성인이 되면 아르바이트를 해서 꼭 스스로 하고 싶은 것들을 모두 할 거야!'라는 포부를 가지고 있었다. 만만치 않았지만 그래도 할 만한 건 다 해봤던 것 같긴 하다.

붉어진 푸른
/

포부가 강한 만큼 나만의 정체성을 확립해나가고 싶었다. 이름부터가 신경 쓰였다. 어릴 적, 관계의 차가움을 강하게 겪어서일까. '보라'라는 이름에 파랑색이 더 많은 것 같다 생각했고, 이름을 바꾸고 싶어졌다. 직접 짓고 싶어 23살의 보라는 작명소를 찾아갔다. 철학관 선생님은 사주풀이도 해주시면서 바꾸고 싶은 이름을 정해오면 그것에 맞게 한자로 지어주시겠다고 했다. 엄마에게 말했다. 작명소를 다녀왔다고, 사주풀이를 해보니 이름을 따뜻하게 바꿔주면 좋다고. 엄마는 그 이유를 물으시며 황당해하고 어이 없어 하셨지만 나 대신 아빠를 설득해주셨다. 예쁘게 지어준 이름을 바꾸려는 딸을 보며 속이 많이 상하셨겠지. 그래도 허락하며 말씀해주셨다. 원래는 우리 집안이 '화' 자 돌림이니 '수화'라는 이름으로 지어주려 했었다고. 그러다 할아버지의 권유로 나만 한글 이름을 갖게 된 거라고 하셨다.

'재희'가 되고 처음부터 큰 변화는 없었지만, 왠지 모를 따뜻함이 묻어났고 내가 직접 지은 이름으로 불리는 것에 묘한 쾌감을 느꼈다. 주변에서 재희라는 이름을 가진 사람을 거의 마주치지 않았고, 간혹 만나더라도 내가 지었기 때문인지 개의치 않았다. 신기하게 반가울 때도 있었다. 부모님도 바뀐 이름으로 불러주셨고, 철없는 딸의 강단을 이해해주시니 죄송하면서도 감사함을 느꼈다. 그런 사소한 기쁨과 따뜻함이 모이자 나는 점차 마음가짐이 달라지기 시작했다. 좁았던 마음이 조금씩 넓어지는 듯했고, 항상 닫았던 마음의 문을 열기 시작했으며, 타인에게 받았던 상처에도 약을 발라주기 시작했다.

이름은 불러주면 효력이 나타난다. 이름을 별 의미 없이 받아들이며 지나가는 경우도 있지만, 이름은 한 사람을 나타내주는 가장 첫 번째 표현 방법이자 인생에서 중요할 수밖에 없는 표식 같은 것이다. 한 평생 단 하나의 이름으로 불리며 살 텐데 이름을 바꿈으로써 어떤 방식으로든 변화가 생긴다는 건 당연한 일이었다. 그러니 나는 '보라'의 나날보다 '재희'의 나날들이 더 좋았다.

그에게 내 예전 이름을 말해주니 가족과 똑같은 반응이었다. 실은 친구들도 같은 반응이었다. 왜 바꿨냐고. 나는 "사주풀이도 그렇고, 같은 이름이 너무 많았고, 나만 돌림자가 아니라서."라고 답해주었다. 그가 말했다.

"내 이름은 진짜 하나밖에 없어."

"진짜?"

"아, 목포에 한 분 계신다."

그의 이름이 극히 드물다는 사실이 신기했다. 그도 이름을 바꾸고 싶다는 생각이 있었지만 하지 않았다고 했다.

"보라, 이름 이쁘다."

"나는 그냥 그래. 싫지도 좋지도 않아."

"왜?"

"그때보다 지금이 더 좋아."

"보라야."

그는 그래도 좋다며 '보라'라고 불렀다. 자꾸 불렀다. 지금도 가끔 부른다. 그가 개인적으로 하는 게임 캐릭터도 '보라'라는 이름을 붙여놓았다. 그의 핸드폰 속 내 이름에도.

나의 추억 속 '보라'는 불쌍하고 안타깝고 바보 같았던, 한심하고 난폭하고 이기적인 모습이었다. 그런데 그가 불러주자 '보라'는 보듬어지기 시작했고 파랑색보다 빨강색이 조금씩 더 섞여갔다. 그럴수록 나도 점점 생각이 바뀌어 그 이름이 애틋해졌다. 가끔 잊고 싶던 날들이 수면 위로 다시 떠오르기는 했지만 이상하리만치 괜찮았다. 그가 말했다.

　　"보라도 너잖아."

새벽 달리기

검은색이 내려앉은 밤의 시간, 달리는 차 안. 피곤해 보이는 눈
과 물렁물렁해진 손동작. 아쉬움 자락이, 돌아가는 바퀴를 따
라 미끄러지듯 도로에 남는다. 더 같이 있고 싶어서. 가야만 한
다는 사실이 달갑지 않지만 가야 해서 그 도로를 몇 번이고 달
렸다.

주말마다 어디를 가야 하나 고민할 필요가 없었다. 그냥 그의 집에서 같이 오순도순 먹을거리를 시켜 먹고 컴퓨터로 다운로드받은 영화나 티브이 프로그램을 시청하는 것으로도 족했다. 그래도 지루할 때면 가끔 밖에서도 데이트했다. 그가 사는 혼자만의 공간은 역시나 남자의 기운이 가득했다. 라면 먹은 설거지거리는 일주일 동안 방치되어 있고 집기들 위의 먼지는 다소곳이 앉은 채 떠나지 않았다. 그래도 좋았다. 둘이 함께 있을 공간이 있어서. 집안일을 도와주려 하면 그는 자기 집이니 내버려두라고 했다. 같이 시켜 먹고 남은 피자 상자도, 치킨 상자도, 족발 담은 일회용 그릇도 모두 본인이 치운다고 했다. 그는 일주일에 한 번씩 한꺼번에 청소를 한다며 나를 말렸다. 아무것도 안 시켜서 편했다. 민망할 때도 있었지만, 그래도 좋았다. 나라는 존재를 존중해주는 것 같아서. 손님 같은 느낌도 들었지만, 그 또한 괜찮았다. 우리의 집은 아니니까. 그의 공간이니 그건 내가 존중해줘야 했다.

집에 한 번 들어가면 시간이 훌훌 날아갔다. 금방 밤 10시, 11시, 12시가 지났다. '이제 갈까' 하면서도 붙어 있었다. 새벽

1시가 넘어서야 꾸물꾸물, 1시 30분쯤이 되어서야 짐을 챙겼다. 잠이 든 어느 날은 3시쯤 문을 나섰다. 그는 혼자 살지만 나는 부모님과 함께 살고 있으니 늦더라도 집에는 들어가야 했다. 10시면 지하철을 탈 수 있어 가끔은 혼자 간다 해도 매번 데려다준 그 사람. 힘들 법도 한데 싫을 법도 한데 귀찮아하지 않았고 귀찮아도 내색하지 않았다. 늦은 새벽의 도로 위에서 한 시간가량을 달려야 하면서도.

그래도 힘들긴 하지. 다음 날 출근해야 하니 피곤할 테지. 그는 최선의 선택인 듯, 안 되겠다며 일찍 일어나야 하는 월요일 전날에는 꼭 12시에는 데려다주겠다고 했다. 마지못해 동의했지만, 어쩌나, 지키는 날이 드물었다. 내가 먼저 데려다 달라고 할 때는 그가 조금만 더 있다 가자고 했고, 그가 먼저 가자고 할 때는 내가 조금만 더 있자고 했다. 그가 말했다.

"이래서 결혼을 하나?"

그와 처음 만났을 때를 떠올려본다. 언제나 나를 데려다주었다. 이러다 말겠거니 했는데 지치는 기색이 없었다. 1년이 지나도 그대로. 나를 대하는 그의 태도도 그대로였다. 사람의 마음이란 변하기가 쉬운데 남자는 초지일관이라 말하는 그의 앞에 흔들리는 갈대들은 할 말을 잃은 것 같았다.

　학교를 입학하는 날에도, 회사에 첫 출근을 하는 날에도, 혼자서 새로운 시작을 할 때도 우리는 각자만의 다짐을 한다. 그러다 생활에 지쳐 여러 번의 실패를 겪다가 반복되는 패턴에 갇히면 초심을 잃기 쉽다. 사람의 마음이 이럴진대 하물며 타인과의 관계에서는 더하지 않을까. 그런데도 그의 변함없이 깊은 마음에 무너졌다 쌓였다 반복하던 믿음은 하나에서 두 개가 되고 세 개가 되어 큰 믿음이란 호수를 만들어낸 듯했다. 그렇게 그는 오로지 나만 가득 차 있던 마음의 공간을 조금씩 넓혀갔고, 그곳엔 한결같은 그의 마음이 잔잔히 자리 잡히기 시작했다.

쉼터

차곡차곡 쌓이는 숫자들의 부담감을 안고 살아가는 청년들이 눈앞을 스친다. 청년들 사이에 끼어 있는 나란 사람까지 모두가 같다. 시간은 붙잡히지 않으니 우리가 쫓아가야 하고, 쫓다 못해 뒤를 돌아보면 한숨이 절로 난다. 지친다. '언제까지 이래야 하나' 하는 막연함 속에서 구멍 하나 발견하고는 잠시 쉰다.

그래야 또 살아갈 수 있다.

내가 피곤하고 우울할 때면 그는 나에게 뭘 하고 싶냐고 물었다. 나는 모르겠다고 대답하다 곰곰이 생각해본다. 그리고 원하는 것을 말했다. 그는 그러면 곧장 그걸 해주었다. 혼자 구멍을 찾고 쉼터를 만들었을 때보다 그라는 사람이 있어 안락했다. 나 대신 먼저 구멍을 찾아주고 쉼터를 제공해준 사람. 지난 강원도 여행 때처럼. 삶의 선배인 그가 나에게 해줄 수 있는 감사한 일이었다.

"힘들어."
"뭐가 힘들어."
"그냥 지쳐서."
"음…. 우리 내일 뭐 하지? 뭐 하고 싶은 거 있어?"
"내일은 나 그냥 집에서 쉬면 안 돼?"

우리는 각자의 삶을 살고 있기에 주말마다 한 번씩 만났다. 나의 경우 집에 있는 일이 거의 없었고 항상 밖에서 일을 보며

붉어진 푸른

할 일을 찾아다녔다. 그날은 지쳐서인지 아무것도 하지 않고 그냥 누워만 있고 싶었다. 어디에도 가고 싶지 않았다.

"그래 그럼. 그렇게 해."

"정말?"

"응, 근데 보고 싶은데. 쉬면서 놀 수 있는 방법 없나?"

"흠… 오빠 집에서, 오빠 옆에서 그냥 쉬어도 좋을 거 같은데, 지하철 타고 가려면 너무 멀어."

"오빠가 데리러 갈까?"

"데리러 와도 내가 화장하고 준비하고 해야 하잖아. 귀찮아."

"화장을 왜 해."

"나가려면 준비를 해야지."

"이건 어때. 오빠가 아침 일찍 일어나서 데리러 갈게. 너는 잠자다가 일어난 상태 그대로 오빠랑 같이 가는 거야. 그리고 우리 집에 와서 바로 다시 자. 어때?"

"괜찮은데? 몇 시에 올 건데?"

"6시까지 갈까?"

"일어날 수 있어? 괜찮겠어?"

"응. 어서 자자."

"그래 알았어, 내일 봐."

그가 일어날 수 있을까, 하고 걱정을 하다 잠이 들었다. 설렘이었을까. 설레발이었을까. 일찍 잠에서 깨 핸드폰을 봤다. 아직 그가 출발할 시간이 안 되었다. 얼마 지나자 출발한다는 문자 한 통이 왔고 나도 모르게 웃음이 났다. 나는 머리도 감지 않고, 세수도 하지 않고, 옷만 대충 갈아입은 채 모자를 눌러쓰고, 집 밖으로 나갔다. 집 앞에 도착해 기다리고 있던 그의 차에 올라탔다. 그대로 곧장 분당으로 향했다.

어찌나 즐거웠던지 입꼬리가 계속 올라가 있었다. 색다른 여행을 하는 듯했다. 분당에 도착해 근처 설렁탕집으로 갔다. 고픈 배를 채워주기 위해 설렁탕 두 그릇을 시켰다. 두 그릇 앞에서 내 민낯을 두고 장난을 친다. 설렁탕이나 먹지. 민망함에 그만 쳐다보라며 고개를 돌렸다. 빈 그릇을 남겨두고 일어나 그의 집으로 향했다. 집에 도착한 우리는 다시 침대에 누워 잠이 들었고 일어나서는 아무것도 하지 않았다. 누워서 티브이를

붉어진 푸른

보거나 음식을 시켜 먹었다. 그리고 밤이 지나고 새벽이 되자 왔던 그대로 나를 집에 데려다주었다.

어느 때보다도 즐거웠다. 한 사람이 한 사람을 위해 무언가 할 수 있는 마음. 같이 있는 것만으로도 위로가 되어줄 수 있는 마음. 충분했다. 충만했다. 사소한 것일지라도 물든 마음이 퍼지면 더 진하게 남는다.

'아'

인간이 만들어낸 이미지는 무섭다. 실제로는 그렇지 않은데 그렇게 보이도록 만들어버리는 위력을 발휘한다. 대단한 위력이다. 따로 설명하지 않아도 '아-' 이 단어 하나에 묻어나는 알 것 같다는 의미. 참, 의미 없다. 제대로 알지도 못하면서 어림짐작하는 고리타분한 안경을 쓰고 있다. 그 안경을 쉽게 쓰는 사람들이 많아 조심스럽다. 쉿쉿, 모두 다 조심.

파릇파릇하던 잎이 스멀스멀 옷을 갈아입기 직전의 계절, 초가을이란 이름의 녀석이 다가왔다. 경기도는 더 쌀쌀하니 외투 하나 걸치고 분당으로 향했다. 그가 회사 앞에 맛있는 곳이 많다며 나를 데리고 오고 싶다는 말을 하기를 몇 번. 그 맛을 보러 가는 날이었다. 그의 회사 앞에서 만났다. 깍지 낀 손을 잡고 음식점에 들어갔다. 메뉴를 주문했다.

꽃이 피고 아지랑이가 올라올 기세를 펼치는 계절, 초여름이 다가오는 시기. 핸드폰을 부여잡고 서로의 위치에서 우리는 가족에 관해 이야기하고 있었다. 그는 아빠가 경찰이셨다고 설명해주었다. 지금은 퇴직하고 음악을 하신다고 했다. 색소폰도 불고 기타도 치신다고, 그를 낳기 전에 하고 싶었던 게 음악이라고, 못 다한 꿈을 이루고 계신다고 했다. 어릴 적 아빠가 놀아주던 생각이 난다며 아빠는 친구 같다고 했다. 그의 엄마는 활동성이 많은 분이라고 했다. 전주시 새마을운동회 회장도 하고 계시고, 대통령 표창장도 받으셨다고 했다. 늦게나마 공부도 하셨고, 신문에도 나오셨고, 인터뷰하는 모습으로 뉴스에도 나오셨다고, 끊임없이 배우고 노력하시는 모습이 존경스럽다고 했다.

그가 꾸밈없이 이것저것 말해주어 좋았다. 나의 아빠는 무슨 일을 하시냐고 묻는다. 정작 나는 나중에 말해준다며 설명을 피했다. "왜?" 하고 묻길래 "다음에 알려줄게." 하고 답했다. 친오빠와 엄마 이야기만 했다. 엄마는 집에서 집안일을 하시고 오빠는 컴퓨터 관련 회사에 다닌다고. 그는 나를 믿어주었다. 언젠가 말할 때가 오겠지, 그럴 만한 이유가 있겠지 하고.

아빠는 건축 일을 하신다. 땅을 사서 집을 짓고 파는 그런. 지난 연애 때 나와 결혼을 하고 싶어 하는 사람이 있었다. (지금 생각하면 말만 그랬는지도 모르겠다.) 그에게는 숨길 이유 없이 아빠의 직업을 말했다. 그가 스스로 자신에 대해 말하기를, 집안 사정이 괜찮은 쪽에 속한 사람은 아니었다. 그는 자신이 아파트 청약을 들어두었는데 당첨이 되었다며 좋아했지만, 갑자기 큰돈이 필요해졌다며 힘들어했다. 신혼집으로 살려고 생각해서 얻게 된 집이라 놓칠 수 없다고 했다. 당첨된 아파트에 다녀왔다면서 동영상으로 집 안의 모습도 보여주었다. 그리고 어떤 날 나에게 금전적인 이야기를 했다. 그는 나와 같이 살고 싶은 듯 말했다. 나는 그와 살 생각이 없었고 결혼에 대해 생각도 안 하고 있었다. 그는 우리 집이 몇천만 원 정도는 쉽사리 나올 수 있는 집안이라고 생각하는 것 같았다. 그의 말에 그런 뉘앙스가 전해졌다. 그냥 그가 하는 대로, 생각하는 대로, 내버려두었다. 설명할 필요도 없어 쿵짝만 맞춰주었다. 그리고 헤어졌다. 섣부른 사람이었다.

오해를 부르기 싫었다. 사람들이 쉽사리 생각하는 이미지에 갇히고 싶지 않았다. 그래서 누군가에게 아빠의 직업을 말하는 것이 조심스러워졌다. 평소엔 어쩌다 질문을 받거나 말해야 하는 상황이 생기면 말할 수 있는 사람들에게만 골라 말했다.

음식점 앞 야외 테이블에서 소주와 음식을 사이에 두고, 그는 핸드폰으로 무언가를 검색하고 있었다. 잠깐의 침묵 속에서 그를 바라보았다. 그간의 그의 모습을 떠올리며 이제는 말해줘도 되겠구나 싶었다. 망설이다 입을 열었다.

"저번에 말해준다고 했잖아. 우리 아빠 직업."

"응."

"우리 아빠 공사장에서 일하셔."

그는 나와 눈을 마주치다 아무런 감정 없이 "그래? 미장이? 목수? 어떤 업무 하셔?" 하고 물었다. 이내 사실대로 말했고 숨긴 이유에 대해서도 말해주었다. 그는 이해했다. 그때 못 다한 말을 다 해주었다. 우리 아빠와 엄마는 고생을 많이 하셨다고. 이 일 저 일 전전하시다 지금의 일을 하신다고. 나도 우리 아빠가 존경스럽다고 말했다. 옆에서 함께 지켜낸 우리 엄마도 대단하다고 말했다. 그는 이번에도 무던히 받아주었다.

어떤 이물질을 묻히고 바라보는 시선은 불편하다. 사람은 그냥 있는 그대로의 사람으로 봐주었으면 한다. 어떤 환경에 감싸여 사람이 환경이 되고 환경이 사람이 되는 것이 아니라, 환경은 한 사람의 삶에 묻어나는, 사람이 주인공인 배경 그 자체였으면 좋겠다.

고
백

몇 살이니, 무슨 일 하니, 대학교는 어디야, 부모님은 뭐하시니,
두 분 다 살아계시니, 같이 살고 있니, 집은 어디야, 그래? 헤어
져. 뭐라고요? 아니, 왜? 결혼할 사람도 아니고, 만난 지 두 달밖
에 안 된 사람인데. 원래 잘 알리지 않던 소식을 전했을 뿐인데.
남자친구가 생겼다고 처음으로 직접 말해본 건데, 결론은 헤어

지라는 답을 받았었다. 29살에 만난 사람이었다. 선선한 바람이 부는 날 저녁 9시쯤 엄마와 아빠, 나, 셋이서 집 앞 근처 맥주 가게에서 치맥을 하고 있었다. 소식을 전하자, 엄마가 취조 아닌 취조를 했다. 자식을 위하는 엄마의 마음이라지만 심했다. 마음을 굳건히 먹었다. 남자친구가 생기면 다시는 말하지 말아야지. 친오빠한테는 말했다. 오빠는 이해해주었다. 남자가 보는 남자가 정확하다고, 오빠에겐 일부러 소개도 했다.

아빠는 몰라도 엄마는 눈치 백 단. 오빠에게 연락이 왔다. 오빠가 도와주겠다며 남자친구 있는 걸 밝히라고 했다. 오빠가 진짜 도와줄 수 있을까 하는 걱정에 망설여졌다. 그와 만난 지 6개월째. "다음 주에 말할게." 해놓고 한 달을 더 지체했다. 다시 연락이 왔다. 언제 말할 거냐고. 엄마가 눈치를 채서 자꾸 재희가 남자친구가 있는 것 같은데 맞는지 물어본다고. 중간에서 오빠가 더 괴롭다고. 엄마 아빠한테 말하면 오빠가 캐묻지 말고 내버려두라고 말해주겠다고 했다. 귀가가 많이 늦지만 않으면 뭐라 하지 말라고 해주겠다고. 결국 오빠의 성화에 못 이겨 결심했다. 오빠를 믿어보기로 했다.

어라? 엄마가 나이만 물어보고 다른 건 묻지 않는다. 오빠가 무슨 말을 한 거지? 대단한데? 밥 먹다 엄마에게 슬쩍 말했다. "남자친구 있어." 엄마는 시큰둥한 척 연기했다. 며칠 지나자 엄마가 슬쩍 물었다. "직업이 뭐야?" 다음에 또 슬쩍 물었다. 엄마는 살며시 슬쩍슬쩍 물어보기 시작했다. 역시나 엄마는 변하지 않았다. 그래도 조금씩 물어봐주는 엄마가 귀엽게 느껴졌다. 고맙기도 했다. 그래서 나도 나름 잘 대답해주었다. 나도 궁금해서 남자친구가 있는지 어떻게 알았냐고 물었다. 가장 집에 많이 있는 엄마가 모를 수가 없겠다만, 알게 된 계기가 궁금했다.

엄마는 우리 빌라의 총무여서 빌라 건물 벽에 붙어 있는 CCTV를 확인할 수가 있다. 거기서 자꾸 못 보던 차가 왔다가 금방 가는 걸 알게 되었다고 했다. 내가 밤마다 누군가와 통화를 하는데 남자 목소리인 것 같았다고 했다. 앗, 스피커폰으로 통화하지 말 걸. 아마 엄마는 나와의 대화를 아빠에게 미주알고주알 다 말할 것이다. 상상되니 웃음이 났다. 그래도 정신 똑바로 차리고 있어야지. 엄마와 아빠한테 무슨 말을 들을지 몰랐다. 한번 보자고 하면 어쩌지?

그와의 생활은 변하지 않았다. 그대로였다. 집에는 조금 더 일찍 들어갔다. 그도 이제 부모님이 아셨으니 더 늦을 수는 없다고 했다. 늦게 귀가할 때면 엄마는 남자친구가 데려다줬냐고 물어 나는 항상 데려다준다고 답했다. 안심하는 듯했다. 엄마는 내가 데이트 나갈 때면 예쁘게 나가라며 내 옷을 점검하듯 살펴보았고, 가끔은 뭐 그렇게 입냐며 핀잔을 주기도 했다. 나보다 엄마가 더 신경 썼다.

여름 내 휴가를 가지 못했던 그와 나는 가을이 되어서야 여행을 가기로 하고, 제주도 여행 계획을 짰다. 그런데 부모님이 걸렸다. 이제는 진퇴양난이었다. 올 것이 왔구나 싶었다. 부모님과 식사하는 자리에서 제주도 여행을 다녀오겠다고 말했다. 두 분 다 차분하게 받아들이셨지만, 숟가락을 내리고 올려다본 아빠의 표정은 굳어 있었다. 그냥 지나가나 싶었는데 다음 번 식사 자리에서 말이 나왔다. 제주도 가기 전에 남자친구를 보자며 아빠는 어떤 놈인지도 모르는데 어떻게 너와 여행을 보내냐고 했다. 내가 반기를 들자, 아빠는 제주도 여행 가기 전날이라도 우리 집으로 데리고 와서 인사시키고 가라고 했다. 여행은 허락했지만 조건이 붙었다. 갑작스러운 집 방문보다 날을 잡고 밖에서 인사시키는 게 낫겠다 싶었다. 우려가 현실이 되고 있었다. 나도 어느 정도 나이가 있었고, 우리 부모님을 알기에 마음이 안절부절못했다. '결혼하라는 거 아냐?' 이때까지만 해도 결혼 생각은 없었다. 아직 하고 싶은 게 많은데.

믿음은 어렵지만 중요하다. 어렵지만 해야 한다. 자식의 입장에서 믿음이란, 부정의 단어보다 긍정의 단어로 응원해주는 것, 객관적으로 바라봐주는 것, 넘어져도 기다려주는 것, 지켜봐주는 것들이라 생각했다. 지금도 변함없는 생각이지만, 부모의 입장에서는 어렵겠지. 자식을 낳아야 부모의 마음을 이해할 수 있다는데, 나도 자식을 낳으면 이해될까. 아직 자식은 없지만 결혼하고 알게 되었다. 걱정하는 이유도 캐묻는 이유도 혼내는 이유도 잔소리하는 이유도 믿지 못해서가 아니었다. 그 속엔 걱정으로 포장된 고귀한 마음이 있었다. 오빠가 말해주었다. 결혼은 어른으로 가는 하나의 과정이고, 결혼하면 한층 더 성숙해진다고. 아직 결혼하지 않은 나는 어린애라고. 이제는 그 말을 이해했다.

불투명

미술관에 가면 미술품을 보호하기 위해 선을 그어놓거나 줄로
막아놓는다. 더 가까이 보고 싶은 사람들은 줄과 선을 넘지 않
기 위해 발은 선 끝에 두고 허리를 굽혀 미술품을 들여다본다.
간혹 질서에 익숙하지 않은 아이들이 선을 넘기도 한다. 아마
선을 그어놓지 않았다면 미술품엔 손자국이 생길 수도 있지 않

을까. 선은 눈에 보이기에 지켜진다. 보이지 않으면 위험하지만 보이지 않기에, 넘기도 쉽다. 그러니 더 신중해야 한다.

　부모님과 약속해놓긴 했지만, 흔쾌히 뵙자고 하는 그를 두고 나는 무서웠다. 아직 6개월밖에 만나지 못한 이 남자를 소개해 드려도 괜찮을까. 혹시나 헤어지라고 하는 건 아닐까. 반대로 결혼 이야기가 나와버리는 건 아닐까. 설렘보다는 두려움을 안고 날짜를 정했다. 처음, 정식으로 남자를 부모님께 인사시키는 자리였다. 장소는 대학로의 복잡하지 않은 친근한 분위기의 일식을 파는 이자카야였다. 아빠도 엄마도 그도 한껏 가다듬은 복장으로 대학로 길거리에서 만났다. 어색한 듯 서로의 인사를 주고받고 가게로 들어섰다.

　룸 안에 있는 4인석의 테이블. 소파 좌석에 앉은 부모님. 맞은편 의자에 앉은 우리. 부모님의 얼굴은 엄중해 보였고, 아빠는 더욱 위엄 있어 보였다. 그의 얼굴은 굳어 보였고, 자세는 불편해 보였다. 커다란 자갈들이 담긴 물컵을 들이키는 시간이 될 줄 알았다. 그런데 그는 나에게 항상 보여주던 귀여운 반달눈을 하며 정중하고 편안하게 부모님과 대화했다. 너무 말이 많지도, 없지도 않은 중간 템포로. 부모님도 웃고, 그도, 나도 웃었다. 자갈들은 물렁해지기 시작해 어느새 물이 되어 있었다. 다행히 두려움이 점점 사그라들려던 찰나, 결국 아빠가 그에게 말했다.

"결혼할 건가?"
"네."

이번에도 주저 없이 바로 대답하는 그. 나만 빼고 모두가 결혼이란 보이지 않는 출발선을 넘어버렸다. 실은 만나기 전 부모님에게 결혼 이야기는 하지 말아달라고 몇 번이고 부탁해두었다. 하지만 아빠의 입에서 금기의 단어는 튀어나왔고, 옆에 있던 엄마는 시치미를 뚝 뗐다. 나 혼자만 아직 결정하지 않았다고 말해봐야 소용없는 대화 속에서 나는 묵묵히 같은 웃음을 띠고 섞일 수밖에 없었다. 뜻하지 않은 자리가 뜻한 자리가 되어버렸다. 결혼에 대해 애매한 태도를 취하고 있던 나는 성큼성큼 다가와 드리운 그물에 덜컥 걸려든 물고기가 된 것 같았다. 파닥파닥.

붉어진 푸른

나로선 충분하지 못한 만남의 시간과 하고 싶은 일들을 앞에 두고 다른 방향으로 가기가 겁이 났다. 그와 내가 서로의 검은색을 품고 갈 수 있을지에 대한 불안도 있었다. 평생을 같이 해야 하는 날들을 그와 함께 나란히 걸어갈 수 있을지에 대한 완전치 못한 믿음 때문이기도 했다. 남들이 말하는 결혼 생활은 힘들다는 말에 의한 막막함이 있어서였다. 그러면 결혼이란 거 안 한다 하면 될 것을 그러지 못했다. 나의 생활과 나 자체를 존중해주는 그를 보아서였다. 내가 나를 소중히 하듯 그도 나를 소중히 대해주어서. 내가 그 사람만을 보게 하지 않고 나를 보게 해주어서. 사랑받음의 진정성을 알게 해준 사람이어서였다. 그런 그라서, 그래서 애매했다.

결혼하기 직전까지 지속된 애매함. 모두가 선을 넘은 사이, 나는 그것을 넘을지 말지를 계속 고민했다. 그 사람이라서 고민했던 몇 초, 몇 분, 몇 시간, 며칠, 몇 개월. 결혼은 기쁨보다는 알 수 없는 슬픔과 아픔을 상상하게 되기에 망설여진다. 쉽지 않지만 해야만 하는 선택 앞에 서성이며 그를 바라보았다. 선을 넘어가도 괜찮을지.

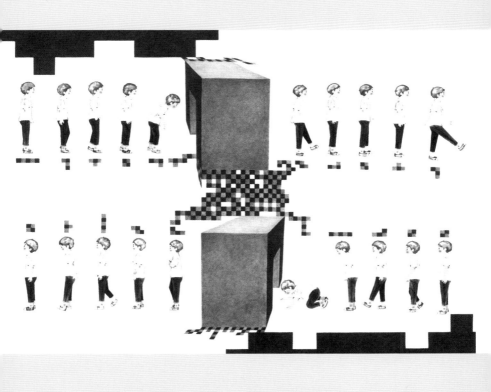

──────────── 번지고 물들어

어느 순간부터일까.

집안 곳곳에 그의 잔상이 머무른다.

혼자 있는 외로움의 첫 경험이 쓸쓸하지 않아서 다행이다.

이
유

언제가 가장 즐거웠냐는 물음. 언제가 가장 행복했냐는 물음.
그런 물음에 대한 답을 주기 위해 추억을 하나씩 떠올려본다.
저절로 번져오는 웃음과 함께 '언제'라고 말해주면 '왜' 하고 묻
는 물음에 이유를 찾다 그만둔다. 이유가 없는 것이 이유라서.
살면서 가끔 받는 질문들이다. 예전에는 이유를 찾았다. 그래

야 할 것만 같았다. 이런저런 사연으로 즐거웠다고 말해줘야 할 것 같았다.

　그와 함께 제주도 여행을 다녀왔다. 2박 3일. 제주도는 다녀온 적이 있기에 그와 간다고 특별할 거라 기대하진 않았다. 역시나 그리 많이 웃지도 그리 많이 떠들지도 않은 별것 없는 여행이었다. 우리는 먹고 구경하고 쉬고, 먹고 구경하고 쉬고, 또 먹고 구경하고 쉬었다. 시간에 쫓겨 억지로 다니지 않았고 시간이 차오르면 숙소로 돌아왔다. 제주도의 풍경보다는 숙소에서의 안락함이 더 즐거웠다. 은은하게 빛나는 하늘 아래 새까만 바다와 살짝 불어오는 바람과 맥주와 소주, 간식과 회를 즐기며 함께한 시간이었다. 평온하고 평범했다.

　평범함.

　기대하지 않았는데 신기하리만치 유독 좋았다. 별다른 이유가 없었다. 이것 때문에 저것 때문에, 라는 특별함이 없었다. 여행을 다녀와서 가끔 생각해봤지만 이유를 찾지 못했다. 시간이 흐른 후 그에게 물었다. 제주도에서 언제가 가장 좋았냐고. 그는 "너와 함께 밤하늘의 별을 바라보며 누워 있었을 때"라고 답했다. "왜?" 하고 묻자 그는 "몰라." 하고 답했다. 이유가 없다는데 생각해보라며 다시 물었다. 생각에 잠긴 그는 그날을 떠올리며 말했다. "음… 커다란 지구 안에서 너랑 나랑 만난 것이 신기하다는 생각을 했어. 그 무수히 빛나는 별 아래에 너랑 나랑 같이 있는 것도 신기했어." 특별해지는 듯한 그의 말에 기뻤지만, 그러다 잠시, 알 수 없는 감정이 빠져나가는 기분을 느꼈다. 이유를 묻지 말 걸. 굳이 의미를 두게 하지 말 걸.

결과에는 원인이 있듯이 느꼈던 감정에도 그만한 이유가 있겠지만, 이유를 찾는 것이 때로는 의미 없이 느껴질 때가 있다. 즐거움, 기쁨, 행복, 슬픔, 아픔, 외로움은 사람의 감정 안에서 태어나는 것들이라 이론적으로 설명하기보다는 그저 느끼는 것만으로도 온몸을 채울 때가 있는 것처럼. 나에게 이번 제주도 여행이 그런 듯했다. 이유 없이 좋았던 날들. 살아오면서 느꼈던 감정들에 이유를 붙여 의미를 부여한 적이 많았는데, 이번 여행은 그러지 않아도 되는 여행이었다.

나는 무엇을 하든 그만한 이유를 달고 살았다. 버스를 타야 하는 이유, 터덜터덜 걸어가야 하는 이유, 밤늦게 친구를 부르고 싶은 이유, 맥주 한 캔 먹을 돈이 떨어진 이유, 야근을 해야 하는 이유, 아무도 없는 불 꺼진 방 안에 홀로 있어야 하는 이유. 수많은 이유들이 꼭 어깨에 짊어진 짐 같았다. 덕지덕지 붙은 이유들. 만들지 않아도 될 이유들을 만들어가며 살았던 날들. 여행을 가는 이유도 현실을 떠나고 싶어서일 때가 많았는데, 그러고 보니 그 여행조차도 이유가 있었다. 갑갑해지는 느낌. 이래서 내가 그에게 이유를 물었던 것을 후회했나 보다.

그와의 제주도 여행. 특별할 것이 없어서 평범했던. 오히려 이유가 있어 좋았던 날들보다 이유가 없어 좋았던 그날들이 더 기억에 남는 것은 넘치지도 모자라지도 않는 평범함의 편안함 때문이 아니었을까. 때로는 아무 이유 없이 떠난 여행에서 아무런 이유를 데리고 오지 않아도 되는, 그런 편안함이 살아가는 날들에 영양분을 주는 것은 아닐까.

그리도 평범했기에 특별했던 것은 아닐까.

번지고 물들어

173

다짐

여태까지 난 누군가에게 무언가 할 거라는 굳건한 다짐이나 결심을 미리 말해본 적이 없다. 괜한 기대감을 갖게 하고 싶지 않아서다. 누군가는 말을 해놓으면 지키기 위해 그 일을 꼭 한다지만, 나는 입에서 그 결심이 새어나가면 부담감의 무게에 짓눌려버린다. 한 걸음씩 나아가도 자꾸 뒷걸음질했다. 그리고 그 결심은 사라져버렸다. 그 때문에 가족에게도 친한 친구에게도 누구에게도 말하지 않았다. 나중에 이루고 나서야 결과를 알려주거나 결과가 좋지 않으면 함묵해버렸다. 진행되고 있던 일이 어느샌가 들켰을 땐 방어했다. 아무것도 물어보지 말라고. 이 모든 게 두려움 때문이었을까. 참으로 못됐다. 특히나 부모님에겐. 궁금해하실 수 있는 일인데….

말할 수 있는 사람이 있다는 건 어떤 기분일까 생각해봤지만 말할 수 없을 거라 생각했다. 그런데 나에게도 말할 수 있는 그라는 사람이 옆에 생기니 그 기분을 알 수 있었다. 그냥 다짐하는 거였다. 처음 내가, 나 자신에게 했던 그 다짐 그대로 그저 그렇게 말하는 것뿐이었다. 흘러나오는 말일 뿐이었다. 내가 흔들리지 않으면 되는 거였다.

그는 나의 말을 그냥 말로 받아주었다. 하는 일이 잘되면 내 덕을 보겠다는 둥 장난을 쳤지만, 장난은 장난으로 남고 그냥 그 말을 그대로 받아주었다. 그는 '하는 건 잘돼가? 그거 언제 끝나? 잘될 거 같아?'와 같은 말을 하지 않았다.

언젠가 차를 타고 가며 이야기했다.

"내가 글 쓰는 거 부모님한테 말하지 말아줘."

"왜?"

"기대감 갖게 하고 싶지 않아서."

"기대감 갖는 게 어때서?"

"부담되잖아."

"생각해보면 자긴 나보다 자유로운 영혼이다. 난 그럴 때 인정받고 싶어지던데. 부담스러운 이유가 있어?"

"알다시피 우리 부모님은 걱정을 많이 하시는 편이잖아."

그러자 그는 의미심장한 답변을 건넸다.

"왜 걱정을 많이 하시는 편일까? 얼마나 못하는 게 많았으면 걱정하시겠어, 넘어지고 다치고 덜렁대고."

물론 이 말은 그의 장난이다. 하지만 그 장난에 나는 이전에 엄마가 했던 말을 떠올리게 되었다.

내가 생후 1년이 지났을 때일까. 엄마가 잠깐 나를 챙겨 보지 못한 사이 나는 아장아장 걸어서 계단 쪽으로 갔고, 엄마가 뒤돌아보았을 때 계단을 향해 한 걸음 내디뎠다. 당연히 굴러

떨어졌고 엄마는 새가슴이 되어 뛰어왔다. 다행히 멀쩡했다고 한다. 테이블 위에서 떨어진 적도 있다고 했다. 그때도 다행히 멀쩡했지만, 엄마의 가슴은 얼마만큼의 무게로 내려앉았을까. 그 후로도 나는 잦은 병치레로 병원을 살다시피 반복해 다녔다. 연약하게 태어난 나를 건강하게 자라게 하려고 엄마는 갖은 노력을 다했을 것이고 그렇게 하셨다. 그래서였을까. 엄마의 걱정이 다른 딸 가진 엄마들의 걱정보다 앞선다고 느끼게 된 것이. 그 이유였다고 생각하니 잠시 눈시울이 붉어졌다.

아마 앞으로도 다짐이나 결심을 그 사람 이외에는 미리 말해주지 못할지도 모른다. 이 방식이 좋은 것은 아니지만 나쁜 것도 아니라 생각한다. 미리 말한다 해도 달라지진 않겠지만, 아직 새싹도 틔우지 못한 꽃을 기대하게 하기보다 아름답게 피어나 누구에게나 웃음을 줄 수 있는 꽃을 보여주고 싶다.

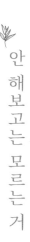

안
해
보
고
는
모
르
는
거

가까워졌다가 멀어졌다. 처음에 그가 먼저 가까이 왔는데 이번
에도 그가 먼저 멀어졌다. 두려움이라는 망토를 덮어쓰고 슬쩍
발을 감추었다.

　당장 상견례를 기다리는 우리 부모님과 달리 그와 나는 최

대한 늦게 하고 싶었다. 결혼도 상견례도 모두. 부모님과 부모님이 만나면 당연히 결혼은 앞당겨질 것이고, 결혼이 기정사실화될 것이라는 걸 알았기 때문에 미루고 싶었다. '그래도 남자가 말이야, 그렇게 우물쭈물하면 되겠어?' 하고 마음속으로만 생각했다. 나도 그와 같은 생각이긴 하지만, 강단 없는 모습에 그만 실망이 찾아오려고 했다.

'우리 부모님을 만나 당차게 결혼하겠다고 대답했으면서. 늦게 하면 좋겠다고 확실하게 말하든가. 부모님을 계속 기다리게만 하면 어떡해.'와 같은 잡다한 생각들이 머릿속을 빙빙 돌아다녔다.

구름 사이로 희미한 달빛이 비추던 날. 부모님의 초대로 놀러 온 그는 우리 집 건물 앞에서 담배를 피우고 있었다. 나는 담배 연기 속에 갇힌 그에게 차분하게 말했다.

"예전엔 결혼하고 싶다더니 이제는 말을 아끼네."

"결혼은 하고 싶지. 근데 빨리 할 생각은 없다는 거지."

"그건 나도 마찬가지야. 그럼 늦게 하겠다고 말이라도 하면 되잖아."

"실망시켜드리고 싶지 않기도 하고 늦게 한다고 했다가 헤어지라고 하시면 어떡해."

우리 부모님은 딸을 데리고 갈 그가 직접 찾아와서 결혼하겠다고 당당하게 말해주길 원하셨다. 그런데 그는 발을 담그려다 말았다를 반복했다. 그런 반복이 답답했다. 저녁 식사 자리가 끝나고 그가 집 문을 나서려 할 때 다짜고짜 결혼할 거라고 두서없이 내 입으로 내뱉어버렸다. 아빠가 언제 정식으로 인사하러 올 거냐고 물었기 때문이었다. 그를 몇 번이고 집으로 초대한 이유도 그 때문이었을 것이다. 은근슬쩍 계속 말할 기회를 손에 쥐어주려고 말이다.

결혼을 한 후, 우리의 신혼집에서 술집 부럽지 않은 분위기를 내어 소주에 삼겹살을 구워 먹을 때였다. 술에 취해 연지 곤지를 찍은 얼굴로 그가 말했다.

"나는 모르는 것에 추진력이 부족해. 그런데 너는 안 그러더라. 몰라도 그냥 막 하는 거야. 나는 무수히 많은 가능성을 생각하고 가장 힘들지 않은 길을 골라 돌아가는데, 너는 확실

하게 정한 건 무작정 하고 보는 거야. 힘들든 아니든. 나와 달 라서 멋졌어. 그 모습에 내가 너한테 점수를 좀 많이 줬지."

결혼하겠다는 말을 왜 그리 망설였냐는 질문을 하니 이렇게 답하더라. 그런가 싶다가도 다시 곱씹어보았다. 내가 주변 사람에게 들은 바로는, 결혼을 망설이는 게 그에게만 보이는 모습이 아니었으니까. 내 친구도, 아는 언니도, 아는 동생도 남자들은 결혼 이야기가 나오면 망설인다는 말을 했다.

아직까지는 집을 구하는 몫은 남자가 부담해야 된다는 생각이 지배적이고, 아기를 낳으면 여자보단 남자가 경제적인 부분을 많이 책임지며, 맞벌이를 하는 경우에도 그만큼의 고난을 겪어야 한다. 어느 누구에게나 결혼 비용은 만만치 않고 단 한 번의 이벤트를 위해 들이는 그 어마어마한 비용을 생각하면 쉽게 결정할 일은 아니다. 그러니 그도 모든 준비가 되면 결혼을 하고 싶었을 것이고 누구에게도 실망을 안겨주고 싶지 않았을 것이다.

쉽지 않은 결정을 해야 할 때는 누구에게나 두려움이 찾아온다. 예를 들면 퇴사 결정을 하거나, 독립을 한다거나, 큰돈을 대출받아야 한다거나 하는 묵직한 무게의 문제들. 결혼도 이젠 이런 문제들 사이에 낄 만한 주제가 된 지 오래다. 그러니 결혼이라는 쉽지 않은 결정을 내릴 때는 남자의 어깨에 부담이라는 모래주머니가 '턱' 하고 올려지는 것인지도 모르겠다. 당연히 여자의 부담도 만만치 않지만, 희생의 무게는 여자가 더 무거워도 부담의 무게는 남자가 배로 더 무겁지 않을까. 가장이라는 이름으로.

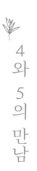

4
와
5
의
만
남

다르지만 비슷하고 비슷하지만 다르다는 말이 있다. 나는 이말
을, 사람은 다르지만 삶은 비슷하게 살아왔다는 말로 고쳐 써
보고 싶다. 고되고 아프고 힘들더라도 가족을 바라보며 희망과
사랑으로 살아온 아름다운 삶의 감정이 비슷해서.

"상견례 4월 즈음에 할까?"

그가 고민하다 말한 날짜. 그렇게 해서 잡힌 4월의 상견례. 그는 우리 가족과 술 한잔 기울이며 느꼈던 것을 말해준 적이 있다. '우리 가족이랑 비슷해' 그 말에 그냥 그렇구나 하고 말았었다. 보지 못했으니 알 수는 없어서. 그래도 기대감은 있었다. 비슷하다는데 상견례를 하면 부모님끼리 서로 말씀을 잘 나누실 것 같다는 기대감. 약속된 날짜에 광화문의 한식당에서 상견례를 했다. 전주에 계시는 시부모님의 따뜻한 배려로 서울에서 할 수 있었다.

처음 뵙는 부모님들의 어색한 만남. 술을 한두 잔 기울이자 점점 어색함이 풀려갔다. 아버님과 우리 아빠, 어머님과 우리 엄마의 공통점이 두드러졌다. 두 아빠는 사람들과의 관계를 즐기시고 술과 음악을 상당히 좋아하신다는 점. 두 엄마는 그런 아빠들 옆에서 걱정하시며 술과 전쟁하셨던 분들이었다는 점이다. 종종 술이 원수가 될 때도 있지만, 기분 좋은 자리를 더 즐겁게 만들어주는 것은 맞는 것 같다. 술이란 좋은 메신저를 이용해 두 아빠는 화기애애했고, 두 엄마와 우리는 그 모습에 동화되어 어색한 공기를 가르며 슬며시 웃고 즐길 수 있었다.

상견례를 하면서, 그리고 그의 가족이 살아온 이야기를 들으며, 나는 우리 집안도 그의 집안도 서로 비슷하게 힘든 환경을 겪어왔고 지금껏 희망을 안고 성장하며 살아왔다는 걸 느꼈다. 결혼은 가족과 가족이 하는 거라던데 소위 사람들이 말하기를 비슷한 집안끼리 결합해야 평안하다고 했다. 그 집안이란 말이 보통 경제적 수준이나 사회문화적 수준을 말하는 경우가 많지만, 나는 생각과 마인드에 관련된 것이라는 생각이 든다. 물론 경제적인 이유로 마인드가 달라질 수 있겠지만 경제적 물살에 휘둘리지 않는 사람들은 그 차이를 굳이 상관하지 않는다.

금전은 그저 금전일 뿐, 많다고 행복한 것도 아니고 적다고 행복하지 않은 것도 아니다. 그러므로 부모님과 부모님의 만남이 즐거울 수 있었던 이유는 금전적 또는 물질적 배경 때문이 아니라고 본다. 어떻게 살아왔고, 무엇을 느꼈고, 왜 그렇게 생각하는지에 따라 사람의 인격이 형성되는 것처럼, 그렇게 살아와 이렇게 만난 집안이라 서로가 서로를 배려한 덕분에 즐거웠던 것 같다.

누군가를 처음 만나는 자리에서 우리는 상대방을 탐색하고 자신만의 방식으로 판단한다. 만일 그 방식이 올바르지 못하다면 공교롭게도 좋은 사람을 만날 기회를 놓치게 될지도 모른다. 그러니 사람은 물질적인 배경, 환경을 떠나 자신이 누구인지, 어떤 의미를 지니며 사는지 알 필요가 있지 않을까. 자신이 누군지 알아야 스스로 만들어낸 순간들을, 살아온 삶을, 더불어 타인의 삶까지 편견 없이 올바르게 바라볼 수 있을 테니.

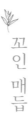

꼬
인
매
듭

어릴 땐 조용하게 말썽 피우는 착한 말괄량이였던 것 같다. 소리도 없이 빨래 바구니에 들어가 장난을 치기도 하고, 엄마 립스틱을 바르기도 했고, 잠깐 외출하셨을 때 몰래 엄마 구두를 신고 또각또각 걸어보기도 했다. 웃음 많고 활발한 아이였다. 그런 나는 태어나자마자 잔병치레가 많았다. 배가 아파 뒹굴었던 날 나를 업고 뛰었던 엄마. 혹시라도 아플까 항상 아침밥을 챙겨주셨고, 끼니를 거르진 않을까 마음 졸이셨다. 아빠는 술에 취한 날이면 잠들어 있는 딸에게 와서 뽀뽀를 해주셨다. 지금은 담배를 끊으셨지만, 그 어릴 적 아빠의 스킨 냄새와 담배 향은 아직도 진하게 남아 있다. 엄마의 품과 아빠의 향은 사랑이었다.

그와 함께 있을 때 엄마에게 전화가 걸려왔다. 통화를 마치고 나서 그가 물었다.

"엄마한테 하는 말투가 왜 그래?"

"뭐가?"

"사납게 말하잖아."

"아닌데, 원래 그래."

"원래?"

"그냥, 털털한 거라고."

어릴 적부터 너무 일찍 사회의 불안정성을 느낀 꼬맹이. 그나마 초등학교 시절엔 괜찮았는데 중학교를 올라가 사춘기가 되어서는 더 심해졌다. 내 몸에 가시가 자라니 엄마에게 뱉는 말에도 가시가 달려 날아갔다. 심할 땐 서로의 마음을 물어뜯으며 싸웠다. 그게 익숙해지자 성인이 되어서도 엄마에게 향하는 말투는 비슷했다. '원래 그래'가 되어버린 말투. 그는 황당해하며 지적했다. 마음은 그런 게 아닌데 자연스럽게 툭툭 던져지는, 부드럽지 못하고 날카로운, 그가 지적하기 전까지는 그냥 그런가 보다 생각하며 익숙해진 말투였다.

"나중을 생각하니 무섭다."

"뭐가 무서워?"

"가족한테 하는 모습이 아내의 10년 후 모습이랬어."

"누가 그래?"

"우리 엄마가."

"아니야, 아빠랑 오빠한테는 안 그래."

"근데 엄마한텐 왜 그래?"

그러네, 생각해보니 엄마한테만 그러네. 나는 방어하며 부정했지만, 그 이유는 이미 알고 있었다.

"그건 관계의 문제야. 어떻게 관계를 맺어왔느냐의 문제야."

"왜 관계의 문제야?"

태어날 때부터 나쁜 감정을 받으며 살아오지 않은 이상 처음부터 가족 관계가 좋지 않은 사람은 없을 것이다. 뭣 모르던 유아 시절이 지나고 초등학교 2~3학년 때부터 엄마는 내가 잘못할 때면 사랑의 매를 드셨다. 엉덩이가 짝궁둥이가 되도록 맞았다. '그래'라는 긍정의 말보다 '안 돼'라는 부정의 말을 더 많이 들어왔다. 걱정이 수없이 많은 엄마는 끝없는 잔소리를 펼쳐놓으셨다. 걱정이 산처럼 쌓여가니 신뢰받지 못하는 아이인 것 같았다. 한편으론 사랑받지 못하는 아이 같기도 했다. 가뜩이나 친구 관계도 어려워했으니 힘든 마음은 배가 되었다.

"엄마한테 말 좀 예쁘게 해."
"노력해볼게."

그가 우리 집에 들르는 일이 많아지니, 나와 엄마의 대화도 많이 듣게 되었다. 그는 엄마에게 하는 나의 말투를 들었을 때 지적했고, 그다음에도, 그다음에도 또 지적했다.
"내가 눈치 보이잖아. 그냥 수긍하고 예쁘게 말해. 현명했던 네 이미지가 다르게 보이잖아."

"노력하고 있어. 사람이 어떻게 그렇게 쉽게 변해. 천천히 달라지지."

그의 말이 조금은 슬펐다. 이런 모습도 나인데, 이런 모습은 인정해줄 수 없나? 그의 앞이라고 순간의 가식을 부리고 싶진 않았다. 내가 그의 생각을 못 했을 때도 있었다. 굳이 사위가 될 사람 앞에서 엄마와 토론하듯 이야기할 필요는 없었으니까. 그래도 내 삶을 살아본 것도 아니면서, 내 마음속에 들어와본 것도 아니면서 이해해주려 하지는 않고 눈치 보인다는 이유로 나를 나무라는 게 싫었다. 나는 쌓여온 익숙함으로 대화하고 있었을 뿐이었다. 화를 낸 것도 아니었다.

이해한다. 전혀 보지 못했던 모습을 보고 당황했을 것이다. 느리긴 했어도 오래전부터 노력해오고 있었다. 하지만 그게 어디 쉬운가. 나 스스로 잘못된 부분을 고치려면 많은 시간과 노력을 투자해야 한다. 지난 과오들을 수용하고 이해하고 받아들여야 한다. 내가 내 안에서 거름망으로 찌꺼기를 걸러내듯 쌓여온 감정을 걸러내고 씻어내야 한다. 한번은 엄마와 예전의 힘들었던 과거를 풀어내려 했지만, 서로의 감정만 토로했을 뿐

위로가 되어주진 못했다. 그런데 무슨 이유였을까. 부모님이 말하기를, 그를 만나고 내가 많이 달라졌다고 했다. 실은 나도 어렴풋이 느끼고 있었다.

사람은 주관적인 시선에 갇히면 주변의 상황을 둘러보지 못하고 오로지 자신이 생각한 것에만 파고들어간다. 나에겐 그 시선이 가족을 향해 있었고, 객관적으로 볼 수 있는 눈이 필요했다. 아마도 그 역할을 그가 해준 듯했다. 그래도 금방 변화된다는 거 힘든 일인데. 어느 누가 지적을 하더라도 그것이 비난 섞인 마음인지 따뜻한 마음에서인지 듣는 사람은 느낄 수 있다. 그는 나에게 지적을 했지만 그의 지적은 후자였다. '그래, 너 원래 그렇구나'가 아니라 더 좋은 모습이길 바라는, 더 나은 모습이길 바라는 그 마음에서였다. 나를 이해해주지 못했다는 생각으로 서운하기도 했지만, 그의 그 마음이 고스란히 전해져 내가 내 모습을 객관적으로 볼 수 있게 된 것 같다. 거기에 그의 온기가 점차 안정감을 가져다주니 나는 그를 발판 삼아 지난날에 머뭇거리던 용기를 쉬이 낼 수 있었던 건 아니었을까.

지적을 받는 것은 그리 썩 기분 좋은 일은 아니다. 그렇지만 마음을 열고 다시 한번 되돌려 자신을 바라본다면 한 단계 성장할 수 있는 밑거름을 마련할 수 있다. 방식의 옳고 그름을 떠나 부모님의 모든 행동이 사랑이었음을, 자식과 가족을 위함이었음을, 이제야 한 걸음씩 깨달아간다는 사실에 지난날의 아쉬움이 발자국을 따라 검은 물빛을 드리운다. 입에 쓴 약은 몸에 좋다 했다. 자신에게 도움이 된다면 때로는 쓰디 쓴 지적도 달게 받아낼 수 있는 용기가 필요하지 않을까.

part 4

194

계절 속의 축복

서른 번의 계절이 돌고 더 돌았다. 그만큼의 계절을 사는 동안 나는 돌아가는 계절에 등을 돌렸었나 보다. 내가 선택할 수 없었던 삶이기에, 그저 태어나서 살았던 것이기에, 삶이 그리 즐겁거나 행복하거나 아름답다거나 나를 위한 것이란 생각을 해보지 못했다.

번지고 물들어

"난 태어난 것에 감사하지 않아."

"너 원래 그렇게 비관적인 사람이었어?"

나는 태어난 것에 감사해본 적이 없다. 내가 원해서 태어난 것이 아니라 생각했으니까. 이 말은 비관적인 생각이 아니라 사실을 말한 것뿐이다. 하지만 그는 나를 비관적이라 했다. 내가 비관적일까? 태어난 것에 감사하지 않아서? 내가 그때의 계절까지만 해도 부정적인 시각이 많았던 것은 사실이다. 그렇다고 비관적이었다 말하고 싶진 않다.

돌아가는 계절 속에서 행복하기만 한 사람이 어디 있을까. 항상 웃어서 고민 없어 보이던 사람도 고민이 있었고, 그토록 멋져 보이던 사람도 불행했으며, 마음이 따뜻해서 의지가 되던 사람도 외로워했다. 이렇게 사람이 단순하지 않기에 삶이 괴로웠다. 나는 삶의 아름다움보다 추함을 더 많이 경험했다. 20대 중후반의 나이에 회사를 그만둘 때까지 나는 나를 소중하게 생각하지 못했고 까탈스럽고 따가웠다. 세상의 모든 것이 다 나에게 아픔을 준다고 생각했다. 이후 나는 점차 나를 돌아보게 되었고 실험했고 인식해왔다. 지금의 나는 그때와

많이 다르다. 다만 지금도 태어난 것에 감사하다는 말에 동의
하진 않는다.

나와 그는 결혼식을 올려야 했고, 나로서는 부모님의 물질
적 도움을 받을 수밖에 없는 상황이었다. 이에 대해 그와 대화
를 하다 무심코 흘러나온 이야기가 태어남에 대한 것이었다.
부모님께 감사해야 한다는 말을 하다 어느 틈에 비집고 들어왔
던 것 같다. 나는 그에게 태어난 것에 감사하진 않지만, 부모님
께는 감사하다고 말했다. 그는 황당해하며 말의 앞뒤가 맞지
않는다고 했다.

"오빠, 이건 그냥 사실이야. 비관적인 게 아니야."
"그게 비관적인 거야. 태어난 건 축복이잖아."

태어난 것에 감사하지 않는다는 생각이 비관적이라는 말에
약간의 충격을 받았다. 비관적이라 생각해본 적이 없어서다.
그저 사실이라 생각했다. 내가 태어나고 싶어서 또는 이 삶을
살고 싶어서 태어났을까? 내가 부모님을 선택할 수 있었을까?

태어나면서부터 행복을 알았을까? 내가 살아온 삶은 진흙탕에서 다이아몬드를 발견하려고 온갖 노력을 하며 살아온 것이었다. 나뿐만이 아니다. 대부분의 사람들이 그러하리라. 우린 인간이니까.

『아들러의 인간이해』에서 심리학자 알프레드 아들러(Alfred Adler)는 인간은 태어날 때부터 환경에 열등하며, 그러기에 자연스럽게 열등감을 가지고 성장한다고 보았다. 인간은 신체적으로 다른 생명들보다 연약하며, 공동생활을 통해 힘을 키워나가고 정신능력을 개발해나가면서 자연환경에 적응하며 발전해왔다고 한다. 덧붙여 "인간의 모든 능력은 공동생활의 논리라는 기초 위에서 발전된 것이며, 인간의 모든 사고는 공동생활에 맞는 방향과 내용으로 구성되어야 한다."라고도 했다. 이 말인즉슨 인간은 공동생활에서 도태되면 인정받기 어렵다는 의미가 된다.

이렇듯 나 또한 열등감을 지니고 태어난 인간으로서 나에게 태어남은 중요하지 않으며, 감사함을 느끼지 않는다. 태어난 것에 대한 감사보다는 현재의 사회 환경 안에서 부모님이 나를 이만큼 자랄 수 있도록 자양분을 주신 것에 깊은 감사를 느낀다. 태어난 것 자체가 중요한 것이 아니라 부모님이 나를 키워주신 것이 중요하다는 말이다.

　사람은 자신의 정신세계를 정리하지 못하면 자기 자신의 내면을 왜곡해서 바라보게 된다. 나라고 예외는 아니었다. 부모님이 제공한 환경과 세상이 짊어준 환경 속에서 나 자신이 왜곡되는 순간도 많았다. 하지만 노력하고 또 노력한 끝에 다이아몬드는 아니더라도 빛나는 무언가를 발견한 것 같다. 어느새 내 손에는 무언가가 쥐어져 있다. 그 무언가의 모양을 잡아가는 것은 내 몫이며, 더 빛나게 할 것인지 다시 진흙탕에 묻어버릴 것인지도 내 몫이다.

　그가 반박하지 않았으면 생각하지 못했을 것들. 그저 단순한 사실로만 생각하고 깊게 인지하지 못했을 것들. 나의 존재가 지금처럼 자라온 것에 대한, 내가 살아온 날들에 대한, 끊임없이 돌아가는 계절에 대한 감사. 나는 태어났다는 사실보다도 지금까지 살아온 시간에 축복을 보내고 싶다. 후에 영원한 빛을 따라가야 하는 순간이 오게 되면 그와 함께 살아간 계절도 축복이었길 바란다.

물
베
기

사람은 간혹 불같이 화를 주체하지 못할 때가 있다. 그를 만나고 딱 한 번 그랬다. 그래도 유달리 화를 잘 내지 않는 나인데, 정말이지 이번엔 참을 수가 없었다.

결혼하기 세 달 전 하나씩 물품들을 장만하던 시기였다. 수세미 통을 샀다. 신혼집으로 이사한 후 수세미를 사용하기는 하는데 통이 없으니 영 불편했다. 인터넷으로 주문한 물품이 도착한 날, 박스를 뜯자마자 어느 부분에 설치할까 고민했다. 싱크대 안쪽이 적당한 것 같아 오른쪽 수도꼭지 손잡이 아랫부분에 부착했다. 싱크대가 조금 좁아지는 듯한 느낌이 들긴 해도 왼쪽에 다는 것보다 덜 좁아 보이고, 나는 오른손잡이니까 이쪽에 달면 편할 거라고 생각했다.

다음 날 점심, 그가 부엌으로 가더니 새로 생긴 수세미 통을 확인했다. 신혼집을 꾸미기 위해 페인트칠을 하던 중 나에게 샀는지 물어 샀다고 대답해주었다. 그는 통의 위치가 마음에 들지 않은 모양이었다. 오른쪽에 달면 수도꼭지도 있고, 그 옆에 건조대도 있어 물기가 많이 모이는 곳이라 곰팡이가 낄 염려가 있으니 왼쪽에 달자고 제안했다. 나는 오른쪽이 편하다며 거절했다. 속으로는 싱크대는 원래 물기가 많은 곳인데 왼쪽에 다나 오른쪽에 다나 무슨 상관인가 싶었다. 그는 아니라며 왼쪽에 달자고 다시 말했다. 할 수 없이 내 생각을 말해주었다. 이러나저러나 같을 것 같고 나는 왼쪽보다 오른쪽이 편하다고.

왼쪽이든 오른쪽이든 통을 달면 공간은 똑같이 좁아진다고. 차라리 물기가 없는 곳에 달 거면 벽면에다 부착해야 하고, 그렇게 되면 쓰고 난 수세미의 물이 선반 위에 뚝뚝 떨어질 텐데 그건 어떻게 하냐고 말했다. 그는 벽면에 다는 것이 더 좋다고 생각했는지 이번엔 벽면에 달자는 의견을 냈다. 우리는 의견을 몇 번 주고받으며 실랑이했고, 나는 그가 하고자 하는 대로 하는 게 마음 편할 것 같아 이렇게 말했다.

"마음대로 해."

그는 그때부터 열이 받았다. 왜 자신의 말을 들어주지 않냐며 언성을 높이기 시작했다. 그러니까 나는 그냥 원하는 대로 하라고 다시 말했다. 그 곰팡이가 대체 얼마나 중요하다고 그럴까, 하는 심정이었지만, 그의 심기를 더 건드릴 것 같았다. 그래서 내 주관적인 생각 대신 우리 엄마 집이나 다른 집에 가면 수세미를 싱크대 안쪽에 놓아두는데 곰팡이는 안 생기더라고 말해주었다. 그는 그분들이 몰라서 그런 거라고 말했다. 그래, 그러니까 그냥 원하는 대로 하면 될 것 아닌가. 왜 다시 날 불러서 싸우기 시작하는지, 나는 벗어날 수 없는 덫에 휘말린 것만 같았다.

흐지부지 싸움이 끝나고 감정의 골이 파인 채로 정적이 흘렀다. 그는 거실 소파에 앉았고, 나는 화장실 앞에서 페인트칠을 마저 했다. 하던 작업을 마치고 설거지를 하기 위해 부엌으로 왔다. 그는 소파에 누워 있었다. 그런데 내가 설거지를 시작하자마자 바로 몸을 일으키더니 침실로 가버렸다.

처음엔 어이가 없었다. '나를 피했어?' 하고 생각했다. 뜨끈뜨끈한 열이 조금씩 몸 안에서 올라오는 걸 느꼈다. '피한 거 맞지?' 또 생각했다. 뜨끈했던 감정이 이제는 데일 정도로 뜨거워졌다. 아무리 생각해도 피한 것 같았다. 나는 행동에서 오는 파장의 위험성이 말보다 크다고 생각하는 사람이었다. 열이 더 끓어올랐다. 설거지하던 손짓이 투박해졌다. 비눗물이 묻은 식기들을 헹궈 건조대에 툭툭 놓았다. 그러다 결국, 열이 끓는점을 넘어버렸다. 이제 내 손은 식기들을 건조대로 던지고 있었다. 설거지를 마친 후 침대에 누워 있는 그에게 다가가 차분한 척 물었다. 내가 혹시나 착각한 걸 수도 있으니까.

"내가 설거지하러 왔을 때, 나 피해서 여기로 온 거 맞아?"

"응."

그는 침대에 누운 채 고개만 돌려 나를 올려다보며 답했다.

"오늘 함 하러 가지 말자. 나 정릉 집으로 갈게."

이날은 우리가 맞춘 결혼반지를 찾아, 함을 들고 정릉에 있는 친정집에 가기로 한 날이었다. 옷을 갈아입고 가방에 물건을 주섬주섬 챙겨 넣었다. 그는 침대에서 일어나 가방을 챙기는 나를 보더니,

"웃기고 있네."

하고 집 밖으로 나가버렸다. 그 말에 피부가 터져버릴 것같이 화가 치밀어 이웃집 사람들 상관없이 계단을 내려가는 그를 향해 문을 열고 소리를 질렀다.

"뭐? 웃기고 있네?! 웃기고 있네?!"

문을 닫고 들어온 나는 거칠어진 숨을 진정시키며 다시 짐을 쌌다. 담배 향을 폴폴 풍기며 들어온 그는 거실 소파에 앉더

니 나를 불렀다. 담배 한 개비로 정신을 가다듬고 온 그는 대화할 준비가 되어 있는 듯 보였다. 잠시 뜸을 들이다 순순히 거실로 갔다.

차분해진 모습. 당황하지 않은 척하지만 당황한 모습. 천천히 자신이 그랬던 이유를 설명해주었다. 소파에서 침실로 간 것은 철없는 자신의 모습이라며, '나 삐쳤으니 다가와서 풀어달라'는 행동이었다고 했다. "웃기고 있네."라고 말했던 이유는 오늘 나의 모습이 자신한테나 나올 법한 모습인데 평소답지 않은 나를 보고 현실성이 떨어져 그랬다고 했다. 나를 다시 불러 싸우게 된 것은 "마음대로 해."라는 말이 퉁명스럽게 들렸고, 자신과 대화하려 하지 않고 포기하는 모습으로 보여 그랬다고 했다. 나는 포기한 게 아니라 싸우고 싶지 않고, 원하는 대로 해도 상관없다는 생각이 들어서 그랬다고 답했다. 그는 나에게 곰팡이에 대한 설명을 계속해준 건 내가 모르는 게 많으니 가르쳐주고 싶은 마음에 그런 것 같다고 말했다. 다음부터는 자신과 대화할 때 끝까지 대화를 끝마치자고 했다. 나는 알겠다고 했고, 우리는 그렇게 타협하고 싸움을 끝냈다.

어렵다. 이렇게 작은 것 하나에 아옹다옹하다 일이 커져버렸다. 겨우 수세미 통 하나 어디에 놓느냐를 두고 싸우다니.

시간이 흘러 화가 풀린 그는 내게 다가와 안아주며 말했다.
"이제 그만 싸우자."
나는 앞으로 싸울 일이 많을 걸 알기에 말했다.
"어차피 싸울 거야."
그가 대답했다.

"그럼, 잘 싸우자."

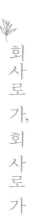

회
사
로
가,
회
사
로
가

함이 들어오고 한바탕 술판이 벌어졌다. 역시나 그는 술 장군 두 명을 버텨내지 못했다. 그들은 멀쩡했지만, 그는 흐물흐물 녹아내렸다. 술로 인해 올라온 열을 식히려 내 방으로 들여보 냈다. 찬 바람이 들어오도록 창문을 열고 간신히 침대에 눕혔 다. 그는 그대로 잠이 들었다.

우리 집에서 술 한잔 기울일 때면 항상 이렇다. 우리 아빠와 오빠는 정말이지 술을 잘 마신다. 그는 그런 두 술 장군과 기어코 맞춰 마시려 하기도 했고 자신의 페이스대로 갈 때도 있었다. 하지만 언제나 그의 얼굴은 붉은 꽃을 피웠다. 그 뜨거운 온도를 식히러 바람을 쐬러 나가기도 하고, 추운 날은 내 방에서 찬 바람을 맞기도 했다. 그러면 어느새 붉은 꽃은 그의 심장으로 식어 내려갔다.

보통 일요일에 술판이 벌어졌기 때문에 그다음 날은 대다수가 반차를 쓰는 날이 되었다. 힘에 겨워 잠에서 깨어나기 힘든 그는 지각을 면치 못했다. 그러곤 회사에 반차를 쓰겠다고 어김없이 선고했다.

그래서 이번엔 지각을 면할 수 있도록 그를 침대에 그대로 재우고 깨우지 않았다. 아침 일찍 일어나 출근하게 하려고. 어차피 부모님도 자고 가라고 한 터였다. 이불을 반쯤 덮어주고, 알코올의 징후로 코 점막이 잘 붓고 갈증이 나서 물을 찾을 그를 위해 침대 옆 책상 위에 돌돌이 휴지와 물 한 잔을 올려놓았다. 그러고 난 뒤 나는 거실에서 잠을 청했다. 새벽 3시 30분쯤이었나. 코 푸는 소리와 함께 물소리가 들렸다. 화장실에서 나온 그는 다시 내 방으로 들어갔다. 나도 따라서 방으로 갔고 그는 어젯밤 일이 생각나지 않는다며 어떻게 된 거냐고 물었다. 아빠가 기분이 좋아 꺼낸 상황버섯주가 그의 뇌를 마비시켰나 보다 생각했다. 상황을 설명해주니 그는 즐겁게 웃었다. 그러더니 집에 가겠다고 했다. 나는 안 된다고 했고 집에 들르면 분명 지각할 거라고 말해주었다. 그것 참, 그도 알았다. 지각할 수도 있다는 사실을. 결국 다시 잠을 청해 5시 30분쯤 일어나 준비하기 시작했다. 그는 집에 들러 옷을 갈아입고 회사로 가면 안 되겠냐며 내게 물었다. 불안했다. 그 불안함에 나갈 준비를 하는 그의 옆에서 이렇게 반복해 말했다.

"회사로 가."

"회사로 가."

"회사로 가."

"회사로 가."

"회사로 가."

같은 말을 무한 반복하는 내 모습을 보더니 그는 웃으며 말했다.

"알았어. 회 사로 갈게."

나는 잠시 생각했다. 어감이 이상했다. 문득 웃음이 터졌다.

"아니야. 회사로 가라고."

"알았어. 회 사로 갈게."

"회사로 가."

"알았어. 회 사로 간다니까. 우럭이 좋아, 광어가 좋아?"

우린 조용히 낄낄낄거리며 웃었다. 한동안 웃은 나는 다시
말했다.

"판교로 가."

그의 이런 재치는 나를 웃게 한다. 장난치고 놀리고 우스갯
소리를 하는 그. 거기에 참 잘 반응하는 나. 가끔은 진심으로
속을 때도 있고 심한 장난에 한숨이 나올 때도 있지만 앞으로
평생 웃을 일을 생각하니 잠깐의 한숨조차 즐거움이 될 것 같
다는 예감이 들었다.

그만큼의 무게

서로의 마음을 나눈다는 의미. 그리고 네가 나를, 내가 너를 소유했다는 의미를 가진 커플링에 대한 환상이 있었다. 껴본 적이 없으므로. 소유보다는 자유로움을 더 좋아했기에 끼지 않아도 무방했지만, 과연 커플링을 끼는 느낌은 어떤 걸까 궁금했었다.

결혼을 하려면 반지를 나눠 가져야 하기에 반강제적으로 처음이자 마지막 반지를 맞추게 되었다. 같이 나눠 끼는 그런 반지를. 그는 결혼반지와 커플링을 한 번에 해결한 반지 하나를, 나는 커플링으로 착용할 반지와 결혼반지를 따로 해서 두 개를 맞추었다. 기다림은 한 달여간이었다. 반지가 만들어지는 기간 동안 상상해보았다. 반지를 끼면 어떤 느낌일까.

예물을 맞추고 함을 들여오자마자 나는 커플링으로 맞춘 반지를 다음 날부터 끼기 시작했다. 반지도 아름다웠고 품고 있던 환상에 끼고 싶은 마음 한가득이었으니 망설일 이유가 없었다. 그러나 즐거움은 잠깐이었고 공교롭게도 반지란 물질이 아름답기만 한 것은 아니며 환상적인 것도 아니라는 걸 깨달았다. 며칠간 끼고 다니다 알게 되었다. 무언의 중압감을. 반지에는 그만큼의 무게가 달려 있었다.

첫날엔 느끼지 못했다. 둘째 날엔 불편했다. 꼬냑다이아라는 보석이 닳을까 봐 조심스러웠고, 손을 씻을 때마다 뺐다 꼈다를 반복했다. 이건 내가 액세서리에 대한 지식이 부족해서였기도 했다. 셋째 날에 느꼈다. 이 녀석의 무게를. 그리고 불편함보다 늦게 찾아온 무게감이 더 중요하다는 것을 알았다. 재료 탓일지도 모른다. 그렇더라도 네 번째 손가락에서만 느껴지는 무게는 무섭게도 심장에까지 가서 추를 달았다. 내 이성은 그대로인데 마음이 어지러웠다. 내가 이 반지를 껴도 되는 건지 의심스러워졌다.

어릴 땐 그저 부러움에 껴보고 싶었던 커플링. 이제 와 끼게 되어 다행이란 생각이 들었다. 평소 액세서리를 하지 않고 다녔기에 익숙치 않은 것일 수도 있다. 그래도 이것만은 분명했다. 커플링은 치장을 하기 위해 끼는 반지와는 차원이 다른 존재라는 것을. 커플링을 하지 않는 연인들도 많겠지만 수많은 연인들이 커플링을 한다. 그러다 나중에 결혼하지 않으면 대다수가 헤어지므로 헤어지는 순간 그 반지는 소멸할 수밖에 없다. 그것만의 임무가 주어졌다가 반짝반짝 빛을 발하던 가치가 시들기 시작하는 것이다. 그렇다면 얼마나 많은 반지들의 가치가 의미 있게 시작되어 시들시들 떨어지게 되는 걸까. 헤어진 연인들이 모두 한강에 반지를 던졌다면 매년 여름마다 한강물이 넘치고 넘쳐 물바다를 만들었을지도 모른다는 상상을 해보았다.

    소중했던 만큼 소유했던 만큼 잃게 되는 순간, 버려지게 되는 순간, 더 큰 상실감과 좌절감 그리고 아픔이 따라온다. 반지 또한 그러했기에 나누었던 것이니 그 가치는 배가 되어 돌아오겠지. 참 간사하게도 다행이란 생각이 들었다. 적어도 나에겐 처음이자 마지막 반지이니 가치를 떨어트릴 일은 없을 거라는 안도감 때문이었다. 그럼에도 내 마음에 추는 이미 달아졌고, 평생 균형을 맞추기 위해 노력해야 한다. '쿵' 하고 떨어지지 않도록. '끼익' 하고 녹슬지 않도록. 그러니 나의 결혼은 추의 무게를 가늠하는 것에서부터 시작된 듯하다.

고
집
합

식탁 위에 덩그러니 올려진 빈 그릇들. 싱크대로 옮겨달라고
아우성치는 듯 보인다. 세 살 버릇 여든까지 간다는 습관. 내가
갖고 있는 습관 중 하나는 밥상은 다 먹으면 바로바로 치우는
것이었다. 엄마가 그렇게 하셨고, 자라오며 항상 그렇게 따랐
다. 그리고 그런 사람이 되어 있었다.

결혼 전부터 같이 산 신혼집에서의 두 번째 저녁 식사. 함께 한 맛있는 식사를 내가 먼저 마쳤다. 빈 밥그릇을 싱크대 안으로 옮기려 했다. 그러자 그는 그릇들은 식탁 위에 그대로 두고, 설거지하지 말고 좀 쉬라며 나를 소파에 앉혔다. 나는 별것 아니란 생각에 "아니, 뭐 어때. 그냥 할게."라고 말하자 그릇들을 바로 안 치우면 뭐가 잘못되냐며 나를 나무랐다. 그래도 신경 쓰여서 내 눈짓이 싱크대와 식탁을 향하자 그가 소리쳤다.

　　"좀 하지 마!"

　　전날 저녁. 그와 함께한 첫 번째 저녁 식사. 먼저 다 먹은 내가 빈 그릇을 싱크대에 갖다 놓았고 그도 다 먹었으니 설거지를 하려고 했다. 그러자 그는 나를 말렸다. 왜 그렇게 힘들게 몸을 굴리냐며 좀 쉬엄쉬엄하라고 말이다. 내가 안쓰러워서 그런가 보다 했다. 그래서 좀 쉬다가 부엌으로 다시 갔다. 그 모습을 본 그가 벌써 하냐고 하길래 쉴 만큼 쉬었다고 말해주었다. 그는 더 쉬어야 한다며 보고 있던 티브이 프로그램을 마저 다 보고 하라고 했다. 난 티브이를 볼 생각이 없다며 설거지를 했다.

"오빠한테 하라고 하는 것도 아닌데 왜 그래?"

습관에서 오는 충돌이었다. 그는 10년 넘게 혼자 살았다. 혼자 살면서 10년을 넘게 음식은 천천히 먹었고, 치울 때는 손길 가는 대로 치웠다. 빨래나 청소도 해야 할 때 몰아서 하곤 했다. 티브이 프로그램을 좋아해서 못 봤던 프로그램을 왕창 다운로드해 한꺼번에 보았다. 회사에서 열심히 일한 후의 휴식을 위한 습관이었다.

그와 다르게 나는 몸을 가만히 두지 못했다. 그림 하나를 완성하려면 시간이 걸렸다. 짬이 나는 대로 그려야 했고 때로는 공부를 했다. 프리랜서라고 시간이 많은 것은 아니었다. 돈을 벌려면 어디에라도 가서 일했다. 밥도 배를 채우기 위해 먹었다. 내 할 일도 많은데 티브이 프로그램을 볼 여유는 없었다. 엄마 아빠가 티브이를 보실 때 재밌는 부분이 있으면 잠시 서서 보다 들어갔다. 소파에 앉질 않았다. 티브이를 좋아하지도 않았다. 지금의 할 일이 끝나면 다른 할 일을 찾아 했다. 살기 위해 나를 키우는 습관이었다.

지금의 나이가 되도록 서로 다른 삶을 살아온 두 명이 함께 살아야 한다는 것은 이런 것이었다. 나는 이미 그의 습관을 이해했다. 혼자 살던 그의 집에 놀러 갔을 때 그의 생활 패턴을 보고 알았다. 그러니 마찬가지로 나를 이해해주길 바랐다. 내가 원래 이런 사람이라는 것을.

"나는 바로 치우는 게 좋아. 먹었으면 치워야지."

그가 나를 위해주는 마음은 고마웠지만, 나는 티브이 보며 쉬는 것보다 나 스스로를 위한 시간을 좋아한다. 그림을 그리거나 책 읽는 것을 더 좋아한다. 그게 나에겐 휴식이자 즐거움이다. 나는 그의 행동에 제동을 걸지 않는다. 그가 티브이 프로그램을 찾아보는 이유를 안다. 전에 말해줘서 알았다. 게임 회사에 다니니 젊은 감각을 유지하는 것과 변화하는 세상을 보는 것이 중요했고, 그러다 보니 그에게 티브이 시청과 게임은 자연스레 쉬는 것이자 즐거움이 되었을 것이다.

"알았어. 이 부분에선 내가 포기할게."

우리의 이번 싸움은 그의 포기로 끝을 맺었다. 포기한다는 말은 내가 어떻게 하든 건들지 않겠다는 말이었다. 그걸 원했다. 포기라는 단어보다는 인정. 나를 인정해주길 바랐다. 내가 나를 인정하기도 힘든데 상대를 인정하라니. 그래, 힘든 거 맞다. 있는 그대로 받아들이고 내버려두어야 하니까. 그럼에도 불구하고 타인을 바꾸는 것은 나 자신을 바꾸는 것만큼이나 힘든 일이니 자신에게 맞추려는 것보다 상대를 바라보는 내 마음부터 바꾸는 게 먼저이지 않을까.

　이후, 우리는 이러한 일로 절대 싸우지 않았다. 오히려 서로의 습관에 물들어갔다. 어느새 그는 밥 먹은 그릇들을 바로바로 치웠고, 나는 피곤한 날엔 설거지를 바로바로 하지 않았다. 가끔은 싱크대 속 그릇들을 내버려둔 채 그의 품에 안겨 티브이를 보았다.

연극

다소 어둑하고 아담한 공간. 복닥복닥. 꽉 찬 자리들. 앉거나
서서 구경하는 사람들. 사진을 찍거나 동영상을 찍는 사람들.
맨 앞 단상 위에 서 있는 남자와 여자. 한곳만을 내리쬐는 조명.
장난기 어린 환한 웃음을 띤 남자와 수줍은 미소를 짓는 여자
가 반짝반짝 빛나고 있다.

문화생활을 좋아해 뮤지컬이나 연극을 자주 보았다. 잘 차려진 무대. 준비한 대로 열연하는 배우들. 바라보고 있으면 빠져들어 흠뻑 취하게 된다. 다시 현실로 돌아오면 우렁차게 쏟아지는 박수갈채. 연극을 위해서는 무대를 세팅하고, 연기 연습을 하고, 관람객을 모아야 한다. 큰 것부터 자질구레한 것까지 모두 다 제대로 준비해야 더 실감 난다. 한 번의 무대를 위해 얼마나 많은 준비 과정이 있었는지 가늠할 수 없었던 것을, 결혼 준비를 하며 절실히 느꼈다.

대체 뭐 때문에 그리도 힘들게 결혼 준비를 해야 하는 건지 도통 이해되지 않았다. 이 많은 절차들은 언제부터 시작된 것일까. 나는 결혼 준비를 시작할 때 그가 아닌 우리 엄마와 엄청나게 싸웠다. 아기자기한 레스토랑에서 조촐하게 직계가족들만 모시고 결혼식을 올리고 싶다는 내 의견과 보통 모두가 하는 그런 결혼을 하라는 엄마의 의견이 충돌했다. 부모는 자식을 이길 수 없다지만, 이번엔 엄마가 이겼다. 가족 모두가 나를 설득했다. 어쩔 수 없는 결과였다.

준비하는 과정도 힘겨웠다. 나의 주관이 뚜렷하기도 했고, 남자가 신경 쓰지 않는 게 더 도움이 된다 해서 집을 보러 다니는 것 이외에는 거의 모든 것을 나 혼자 다 했다. 4월부터 다음 해 1월까지 결혼을 준비하면서 나는 두 명이 된 것 같았다. 몸속에 있는 모든 세포 정령들이 나와 함께 싸워주었다. 세세한 물품 하나부터 큰 가구들과 결혼식장, 예복, 드레스, 메이크업, 촬영, 청첩장, 신혼여행 예약 등등. 결혼식 그날만을 위한 준비를 10개월. 나 자체가 꼼꼼한 사람인데 원래 하던 일과 함께 이 모든 걸 준비하려니 언젠가는 뇌가 사라질지도 모른다는 생각이 들었다.

그리고 드디어 그날이 왔다.

시간이 어쩜 그리 빠르던지. 결혼식 날의 하루는 광속으로 흘렀다. 나는 흘러가는 것도 모른 채 시간이란 의자에 멀뚱히 앉아만 있었다. 난 대체 뭐 하고 있는 거지? 하얀 드레스를 입은 내가, 내가 맞는 걸까? 그는 어떨까? 그는 괜찮을까?

"신부 입장!"

사회자의 말에 따라 문이 열리고 입장했다. 길을 따라 걸어 갔다. 분명 아빠의 손을 잡고 있었는데, 어느새 그에게 내 손이 넘어가 있었다. 그를 따라 단상 위에 올랐다. 하객들을 바라보 았다. 불현듯 어느 한 장면이 스쳐지나갔다. 중학교 2학년, 학 예회 연극 무대에서 나만을 비추는 조명을 받으며 노래를 한 적이 있었다. 학교 절반의 학생들이 모두 나를 보고 있었다. 다 행히 연습했던 대로 노래를 부르고 연기를 했다. 참, 긴장을 많 이 했는데 막상 올라가니 하얀 불빛밖에 보이지 않아 생각보다 떨지 않았던 기억. 그 장면이 떠올랐다. 조명이 비추는 하얗고 동그란 공간 속에 오롯이 혼자만이 서 있었던. 그때처럼 현실 같지 않은 현실 위에 서서 그와 내가 함께할 시간을 약속하고 있었다.

결혼식을 올린 거의 모든 사람이 말하기를 식을 올린 후엔 아무것도 안 남는다고, 별거 없다고, 혼인 서약서만이 남는다 고 했다. 그 말을 들었을 때는 진짜 그런가 생각했다. 그런데 진 짜 그랬다. 느낌은. 식을 올리고 며칠이 흐른 뒤 곰곰이 생각해 보니 그럴 수밖에 없었던 거였다. 결혼은 우리를 위한 것이지만, 결혼식은 우리만을 위한 게 아니었다. 가족, 친지, 친구를 비롯한 하객 모두를 위한 것이었다.

연극을 준비하듯이 식장이란 무대를 마련하고, 무대의 조연들을 섭외하고, 초대장을 만들고, 하객을 맞이하고, 무대에 설 준비를 하는 배우처럼 옷을 맞춰 입고, 문을 열고, 단상 위에 올라선다. 사회자의 진행에 맞춰 몸과 입을 움직이는 주인공. 주인공을 위해 최선으로 노력해주는 조연. 준비된 볼거리들을 즐기는 하객들. 울고 웃는 주인공과 조연. 가슴 깊이 축하해주며 공감해주는 하객. 주인공이 주인공이 아니었던, 하객이 하객이 아니었던. 주인공은 하객을 위한, 하객은 주인공을 위한. 모두가 함께한 연극. 그게 결혼식이었다.

그러므로 하객을 맞이하기 위해 준비한 10개월이 힘들었던 건 당연했다. 타임머신을 타고 다시 돌아간다 해도 내가 원하던 아주 작고 작은 결혼식을 올리고 싶다는 생각은 변함없지만, 혼자서 행복한 것보다 다수가 행복했다면 그걸로 충분하지 않을까.

1
더
하
기
1
은
2

동그라미가 우뚝 솟은 듯 볼록볼록하고 구멍이 송송 난 하늘색 욕실 슬리퍼. 물이 잘 빠져서 빨리 건조되고 실용적이지만 예쁘진 않다. 잘록하고 평평한 바닥을 가진 말랑말랑한 검은색 욕실 슬리퍼. 약간 미끄럽고 건조가 느리지만 예쁘다.

집들이를 하기로 한 전날 밤. 우리의 공간에서 타인이 잠시 머물다 갈 공간이 될 테니 집 안을 정리했다. 그리고 욕실에 있는 두 개의 슬리퍼를 한 개만 놓았다. 검은색 슬리퍼를 놓아두고 하늘색 슬리퍼는 옆에다 치워놓았다. 퇴근 후 집으로 돌아온 그는 욕실에 들어서자마자 나에게 물었다.

"내 슬리퍼 어디 갔어?"

"옆에 세워놨어."

"왜?"

"한 개만 있는 게 더 깔끔해서."

황당한 듯 그는 난색을 표했다. 표정에서 확연하게 드러나길래 왜 그러냐고 물었다. 그러자 슬리퍼를 두 개 놓으면 어때서 그러냐, 나는 하늘색이 편하고 검은색은 불편하다, 전에 살던 집에서 가져온 내 물건 중에 빨래 건조대는 잘 쓰면서 왜 이것만 싫어하냐, 왜 홀대하냐, 라는 등의 말을 쏟아냈다.

서로 원래 쓰던 물품 중에 필요한 것들을 챙겨 오기는 했으나, 신혼집에는 새로운 것들로 훨씬 많이 채워졌다. 신혼집을 맞이하기 전에 미리 사둔 물품도 있었다. 그중에 하나가 검은색 욕실 슬리퍼다. 인터넷을 검색하던 중 발견한 것이다. 매번 욕실에서 못난이 같은 슬리퍼만 신었는데 이제는 예쁜 것으로 신고 싶어 구매했다.

그가 챙겨 온 물품 중에도 원래 사용하던 하늘색 욕실 슬리퍼가 있었다. 우리는 아까우니 그것까지 함께 놓아두고 두 개의 슬리퍼를 쓰기로 했다. 그는 검은색을 사용해봤는데 미끄럽다며 싫어했다. 나는 하늘색이 싫었던 건 아니지만 검은색이 예뻐서 더 좋았고 딱히 불편하지 않았다. 결국 슬리퍼를 각각 따로 사용했다. 그러다 보니 검은색 또는 하늘색의 슬리퍼가 번갈아가면서 옆으로 치워져 있는 경우가 종종 있었다. 그동안 그는 표현하지 않았지만 내심 불만스러웠나 보다.

"나도 하늘색 썼어. 싫어서 그런 거 아니야. 그냥 검은색이 욕실이랑 더 잘 어울리잖아. 집들이하니까 내일만 그럴 건데 뭐 어때."

그는 내 말에 수긍은 했지만, 불만스러움은 가시지 않았다. 서로 쓰고자 하는 물품이 같이 섞여 있고, 욕실이 아주 넓진 않으니 슬리퍼 두 개를 놓고 편하게 쓰기란 쉽지 않았다.

신혼집의 가구들을 살 무렵, 자신의 의견은 물어보지 말고 알아서 다 하라고 말한 그였다. 아마도 두 명의 의견이 충돌하면 무엇을 결정하든 힘이 들기 때문에 그랬을 것이고, 안 그래도 준비할 게 많은 나의 고충을 덜어주고 싶어서 그랬으리라. 그러다 보니 당연하게도 신혼집의 작은 장식품부터 가구까지 모두 다 나의 취향에 맞춰졌다. 그 와중에 섞여 있는 그의 물품들. 컴퓨터, 빨래 건조대, 빨래 바구니, 스탠드 조명 그리고 하늘색 욕실 슬리퍼.

그도 나도 새로운 곳으로 이사를 왔다. 적응하며 살아야 하는데 집 안의 모든 물건들이 내 취향에만 맞춰졌으니 그가 나보다 적응하기 힘들었을지도 모른다는 생각은 하지 못했다. 새로운 것들로만 채워져 있는 집. 새로움보다는 익숙함을 더 좋아하는 그가 보기엔, 한편으로 자신의 집이 아닌 것처럼 느꼈을 수도 있겠지.

"너무 깔끔하게 정리하지 마. 내 집이 아닌 것 같아."

번지고 물들어

이사 오고 이틀인가 사흘간 집안 구석구석 침대보까지 깔끔하게 정리했더니 그는 이렇게 말했다. 그가 혼자 살 땐 남자의 향기가 물씬 나게 살았었기에 그럴 만도 했다. 다음부턴 정도껏 청소하긴 했지만, 그의 속 깊은 마음까진 헤아리지 못했다. 그저 '내 집'이라는 말이 신경 쓰여 그 말만 정정했다.

"이제 '내 집'이 아니라 '우리 집'인 거야."

조금만 더 깊숙이 그의 마음을 들여다봤다면 알 수 있었을 것을. 그 낯선 감정이 쌓였던 걸까. 그는 슬리퍼에 감정이입이 된다며 무시받는 것 같다고까지 말했다. 새집에 익숙해지지 못한 그의 마음이 각자의 '것'을 만들어버린 것 같아 조금 슬펐다.

어느 날 저녁, 그와 함께 세탁한 빨래를 널고 있었다. 그는 내가 세탁기에서 빨래를 가져올 때 불편해 보인다며 왔다 갔다 하지 말고 '내가' 가져온 빨래 바구니를 사용해 한 번에 빼 오면 되지 않겠냐고 의견을 냈다. 나는 잠시 그를 바라보다 '내가'라는 말을 정정하며 말했다.

"우리 거야."

그는 의아해하더니 다시 말했다.

"아니, 내가 가져온 거."

"응, 알아. 근데 오빠 거 아니야. 우리 거야."

"응?"

"이제 오빠 거 내 거 없어. 집에 있는 거 다 우리 거야."

멍해진 눈으로 영문을 모르겠다는 표정을 하던 그는 살짝살짝 미소를 짓더니 배실배실 웃었다.

잔
상

자그맣고 네모난 기계 상자에서 흘러나오는 라디오 디제이의
목소리. 웃음 짓게 하기도, 생각에 잠기게 하기도 한다. 그러다
잠시, 스물스물 외로움이 몰려왔다.

작업실 겸 상담소가 있었을 때 혼자 덩그러니 남겨진 공간
에서 어떤 소리도 들리지 않을 때면 두려웠다. 새벽의 아무도

없는 건물은 무서운 상상을 할 수 있는 조건을 만들어주기에 충분했으니까. 핸드폰으로 라디오 앱을 처음으로 다운로드했다. 틀어놓았던 음악으로는 두려움이 가시지 않았다. 조용한 공간을 누구의 목소리로라도 채워주었으면 하는 바람이었다. 그때부터 핸드폰에 촘촘히 모인 작은 구멍들 사이로 흘러나오는 목소리를 듣고 있으면 안심이 되었다.

혼자 사는 삶. 나는 겪어본 적이 없다. 혼자 살아보고 싶다는 생각을 어려서부터 하긴 했지만 실행해보지 못했다. 형편 때문이기도 했고 어쩌면 용기가 부족해서였을지도 모른다. 부모님 밑에서 안전하게 살아온 내가 독립하고 싶다는 말을 꺼내면 엄마는 이런 말을 했다. "나가서 살아봐라, 얼마나 힘든지. 너 혼자 빨래하고 청소하고 밥하고 다 하면서 살 수 있는지."

나의 독립을 원하지 않는 엄마의 마음이었는지 아니면 진심이었는지는 모르겠지만 나는 그 말을 현실적으로 받아들였다. 맞다. 내가 나가 살면 지금의 혜택을 못 누리고 살 텐데 답답해도 집에 있는 게 나았다. 검색하다가 룸메이트를 구한다는 글을 보고 찾아가본 적은 있었다. 그 방은 아주 작은 원룸이었는데 우리 집 세 개의 방 중 두 번째로 작은 방 정도밖에 되지 않았다. 여기서 두 명이 산다고? 나는 약간의 충격을 받고 그 뒤로 방을 구하러 다니지 않았다. 이성적이기도 했고, 돈 계산이 빨라서 그랬는지 집을 나갈 생각은 안 했다. 그저 마음속으로만 빌었다. 혼자만의 자유를 느껴보고 싶다고.

그와 함께 살고부터는 신이 났다. 그는 회사에 가고 나는 집에 남아 있으니 혼자 있는 시간이 많았다. 거기다 그가 회식하는 날이면 아침부터 밤까지 홀로 있었다. 혼자만의 자유로움까진 아니었지만, 어느 정도의 자유와 나만의 공간을 만끽하는 것이었으니 그 시간만큼은 흘러가지 않고 멈추었으면 하는 마음도 있었다. 하루하루 지나가는 날들 안에서 같은 시간이 여러 번 반복되었다. 그림을 그리던 어느 한적한 날의 오후. 라디오를 켰다. 그가 사준 스피커에서 목소리가 흘러나왔다. 디제이와 게스트의 웃고 떠드는 소리가 귓속으로 나지막이 들어와 온몸으로 퍼져나갔다. 그림을 그리던 손동작을 멈추었다.

'나 라디오를 왜 켰지?'

평소에는 집중하기 위해 잔잔한 클래식을 틀어놓는데 이번엔 라디오를 켰다. 음악이 좀 지겨워졌나? 아니었다. 나, 외롭구나.

부모님 곁을 떠나본 적도 없고 혼자 살아본 적도 없는 나로서는 낯설었다. 혼자 있으면 즐겁고 자유로울 줄만 알았는데 혼자 있다는 것이 자유로운 것만은 아니라는 사실을 체감했다. 그도 내가 일 때문에 집에 없는 날이면 외로워했던 걸 떠올렸다. 그때는 그 마음을 몰랐는데, 뭐가 외로울까 했는데 이런 거였구나. 이렇게 물들어버렸구나. 그의 부재가 이런 것이구나. 사람의 감정이란 무섭다. 기억에 감정이 붙으면 추억이 되는데, 6개월밖에 되지 않은 신혼집 구석구석 그와의 추억이 널려 있어 어디에나 그가 깃든 공간이 되어버렸다. 내가 라디오를 켰던 건 예전 작업실에서 적막함을 느끼고 라디오를 찾았던 그때의 마음과는 달랐다.

한 뼘의 차이도 없이 붙어 있으면 갑갑함을 느끼다가 멀어지고 남겨지면 외로워지는 게 사람이었다. 순간 무서워졌다.

나에게 물들어버린 그가 없는 날이 올지도 모른다는 상상을 했다. 가족과 함께 사는 삶과 내가 가족을 만들어 사는 삶이 다름을 느꼈다. 스스로의 힘으로 굳건히 잘 살아온 내가 누군가와 긴 시간을 함께한다면 그 힘을 잃지는 않을까 겁이 났다. 많은 생각이 스쳐갔다. 시간이 흐르면 갑갑할 때도 있을 테고 원망스러울 때도 미움이 가득할 때도 마음이 아플 때도 있겠지. 그러다 다시 미안해지고 고맙고 감사할 때도 행복할 때도 기쁠 때도 있겠지. 나무는 땅에 뿌리를 내리고, 깊이 더 깊이 내리면 가뭄이 들어도 죽지 않는다는데. 그러기까지 수많은 시간이 흘러야 하는 것처럼 그와 나, 우리의 관계도 나무처럼 깊게 흔들리지 않는 뿌리를 내릴 수 있을까.

가끔은 서로의 부재에 외로울 때도 있겠지만 부재에서 오는 공허함은 존재의 가치를 느끼게 해주기도 한다. 다행이었다. 처음 느낀 혼자만의 외로움이 쓸쓸하지 않아서. 아직은 많이 부족하지만 먼 훗날엔 이 외로움이 그와 나의 뿌리를 더 깊이 내리게 해주는 밑거름이 되어주기를 바라본다. "우리 그래도 괜찮게 살았지?" 하고 말할 수 있도록.

어
게
인

잡힐 듯 잡을 수 없었던 손이 있던 그곳. 추억하고 싶어 다시 가
고 또다시 갔던 그곳. 이제는 우리의 장소가 되어버린 그곳. 같
은 곳을 여러 번 가면 나의 것, 그리고 너의 것이 되어버린다.
우리만의 기억으로.

나와 데이트하기 위해 그가 추천한 에버랜드. 우리의 만남이 시작되고 첫 번째를 지나 두 번째 데이트 때 에버랜드를 갔다. 그 계절 4월 초의 날씨는 추웠다. 걸칠 것을 사주겠다고 하는 그의 말에 괜찮다고 했다. 만난 지 얼마 되지도 않았는데 덥석 사달라고 할 수는 없었다. 그날 하루만 필요한 거라 아깝기도 했다. 그때는 우리의 미래가 불확실했으니까. 들어간 잡화점에선 동물 머리띠만 써보고 나왔다. 그는 여우 귀 머리띠가 어울린다고 말했다. 집에 가기 전에 회전목마 앞에서 사진을 찍었다.

1년 후 4월, 우리는 다시 에버랜드에 갔다. 그때는 결혼 약속도 했으니 사준다는 건 자연스레 받았다. 뭘 사줬냐 하면, 여우 귀 머리띠. 불꽃놀이까지 다 보고 집에 가려다 들른 잡화점에서 머리띠를 써보니 그가 귀엽다며 사주었다. 사막여우 귀와 일반 여우 귀 중에 뭐가 좋을까 하다 일반 여우 귀를 선택했다. 그는 나와 일반 여우 귀가 더 잘 어울린다고 했다. 집에 가기 전 회전목마 앞에서 사진을 찍었다. 여우 귀 머리띠를 하고.

결혼하고 만난 지 세 번째 해, 에버랜드에 갔다. 이번엔 좀 더 따뜻한 날씨에. 지난해와 지지난해에 하지 못한 것을 해보자며 신이 났다. 그런데 지난해에 샀던 머리띠를 친정집에 두고 와서 가져오질 못했다. 그는 다시 사자며 도착하자마자 잡화점에 들렀다. 귀 모양 머리띠를 고르는데 여우 귀는 맞는데 샀던 것이 사막여우 귀인지 일반 여우 귀인지 헷갈렸다. 그가 사막여우 귀일 거라며 일반 여우 귀를 사주었다. 반신반의하며 다시 산 여우 귀 머리띠. 온종일 하고 다녔다.

며칠이 지난 후 나는 문득 사진을 찾아보았다. 회전목마 앞에서 찍은 사진이 지금까지 세 장이나 있었다. 두 번째로 갔던 날 찍은 사진을 보니 여우 귀 머리띠를 하고 있었는데 아니나 다를까 일반 여우 귀였다. 나는 웃음이 났다. 그에게 사진과 함께 "머리띠가 같네."라고 문자를 보냈다. 바로 답변이 왔다.

"시간이 반복돼도 매번 똑같은 판단을 한다는 건가?"

그의 답변에 싱긋 웃었다. 나도 같은 생각을 하고 있었다. 이 사람 어쩜 그리 한결같을까. 1년이 지나도 2년이 지나도 나를 같은 모습으로 봐주고 있는 것 같아 마음 한 켠에 꽃물이 차올랐다. 그는 머리띠를 사줄 때 "아무거나 사."라거나 "예쁘네."라거나 "귀엽네."라고 하지 않았다. "너랑 어울려."라고 했다. 그의 시선이 나에게로 향해주는 것 같아 따스했다.

4월과 5월, 이맘때면 가는 에버랜드. 그와 함께 세 번을 간 에버랜드. 이제는 당연한 듯 내년과 내후년, 아이를 낳아서도 가게 될 듯하다. 한 장소에 추억이 깃들면 모두의 공간이 너와 나의 공간이 된다. 그래서 별일도 아닌 일이 특별해지고 중요해지는 마법이 일어난다. 그게 추억이 주는 아름다운 기적이지 않을까. 별 의미 없던 여우 귀 머리띠가 소중해지는 것처럼.

강물이 흐를수록 세상도 변하고, 그도 변하고, 나도 변하는 것이 사실이지만, 달이 지면 해가 뜨고 해가 지면 달이 뜨는 것처럼 우리는 언제나 한결같기를.

우
산
없
는
날

어느 휴일 날의 저녁, 추적추적 비가 왔다. 비가 올 줄도 모르고
자전거를 타고 신선한 바람을 맞으며 달렸다. 카페에 도착해
노트북을 열고 자판을 가볍게 두드렸다. 옆자리에 앉아 있던
푸릇푸릇한 대학생 두 명의 대화. 비가 올 것 같다는. 나도 같이
하늘을 올려다보니 하늘은 짙은 회색빛을 하고 뭉게뭉게 몰려

있었다. 비가 내리더라도 오다 말겠거니 하고 작업에 열중한 사이 빗방울이 하나둘 투둑투둑 떨어졌다. 그치기를 바라는 마음이었지만, 날씨를 확인하니 오늘 밤까지 내릴 기세였다. 휴일이라 집에서 쉬고 있는 그에게 메시지를 보냈다. "에잇, 오늘 계속 비 오나 봐." 답장이 왔다. "그니깐! 비 온다!"

부모님과 함께 살 때는 비가 오면 엄마에게서 전화가 왔다. 어떻게 잘 올 수 있겠냐며, 우산은 있는지. 없다는 말을 들으면 엄마는 힘들지 않은 선에서 매번 우산을 들고 마중 나오셨다. 비 오는 날 마중 나오던 엄마의 우산 속은 안식처 같았다.

비가 오는 사이 어느 정도 작업을 마쳤다. 땅은 흥건히 젖었고 다음 날 새벽까지는 마르지 않을 테니 비를 맞더라도 집으로 가기로 했다. 저녁에 그와 함께 무엇을 먹을까 생각하고, 카페 옆에 있는 마트에 들러 장을 보았다. 두 손 무겁게 본 장거리를 자전거 바구니에 실어 집으로 달렸다.

도착. 내가 사는 빌라의 입구는 자전거를 제자리에 세워두려면 두 칸의 계단을 넘고 걸어가 다시 세 칸의 계단을 넘어야 하는 구조다. 자전거를 들었다. 빗물에 손이 미끄러져 평소처럼 잘 들리지 않았다. 왠지 더 무거운 느낌. 다시 자전거를 들고 계단을 넘으려는 찰나, 그를 부를까 생각했다. 그러다 '뭐 조금 힘든 거지, 나도 할 수 있는 걸 괜히 부르면 뭐해.' 하고 말았다. 그리고 문득 스친 생각. 나 혼자 살았으면 도와달라고 할 수 있는 사람도 없어 쓸쓸했겠구나. 누군가 옆에 있어도 할 수 있는 일을 스스로 하는 것과 옆에 아무도 없는데 스스로 하는 것은 다르구나.

　자전거를 세워두고, 자물쇠를 채우고, 가방과 장본 음식을 담은 봉투와 자전거 물품이 든 보조 가방을 바리바리 손에 들고 3층 우리 집 문 앞에 섰다. 그가 나와주길 바랐나 보다. 비밀번호를 누르던 손으로 처음 벨을 눌렀다. 그가 문을 열어주었다.

　"홀딱 젖었네!"

　안쓰럽게 바라보며 내가 들고 있던 짐들을 하나씩 건네받았다. 젖었으니 샤워하라고 말하는 그. 옷방으로 들어가 옷을 갈아입는데 나를 안아주었다.

"추워? 더워?"

추위를 무척 잘 타는 내가 비에 젖어 추울까 봐 안아준 것인 듯했다. 온기가 번져왔다. 춥지 않다는 말에 그의 몸과 내 몸이 분리되었지만, 온기는 번진 그대로 남아 있었다.

엄마가 씌워주던 안식처. 가족을 떠나 온 이곳에서는 그의 품이 안식처가 되어주는구나 싶었다. 단 한 번도 가족과 떨어져 살아보지 않은 나란 존재가 그라는 존재를 만나 살아간다는 사실이 신기하고 신비로웠다.

따스한 온기란, 감정을 나눈 깊은 사이에서 느낄 수 있다. 인사를 하고 서로에 대해 알아가기 전에는 남도 아니고 그저 사람일 뿐이다. 그 이상 그 이하도 아닌. 그렇지만 이름을 묻고 안부를 묻기 시작하는 순간부터 관계는 달라진다. 각자 다른 세상에 살다가도 두 세상은 맞물리게 된다. 서로에게 직접적인 영향을 미치는 관계로. 더없이 소중해지는 관계로. 얼굴을 마주하고 눈빛을 주고받고 두 손을 마주잡고 서로를 보듬어주고 안아줄 수 있는. 36.5도의 체온을 나눌 수 있는 그런 관계로.

이제 나에게 그런 사람은 그 사람이다. 그와 나의 세상은 맞물렸고 따스한 온기를 주고받고 있다. 어느 누구보다 나와 깊은 관계이며 내 마음을 채워줄 사람이다.

존재 자체가 위로되는 사람.
말 없이 힘이 되어주는 사람.
항상 거기 있을 사람.

그림을 그리다 보면 하나의 작품을 완성하기 위해 작업 테이블에 앉아 몇 시간이고 등을 구부리고 손을 움직이며 눈이 피로해질 만큼 집중하게 된다. 그렇게 집중하다가도 손을 멈추고 한곳만을 응시하던 눈을 그림에서 떨어트려야 한다. 그래야 전체를 볼 수 있다. 그리고는 다시 작업하고 또다시 뒤로 나와 그림을 바라본다. 여러 번 같은 행동을 반복하다 보면 그림은 완성된다.

가끔은 살아가면서 남과 비교하며 '나는 대체 얼마만큼 했지?', '나는 왜 이것밖에 못했지?', '나는 대체 뭐지?' 하고 실망하고 좌절하는 경우가 있다. 남들은 저 위에까지 올라가 자신의 날개를 펼칠 준비를 하는데 나는 겨우 이만큼밖에 올라오지 못했다는 자괴감이 들기도 한다. 그래서 심리학자나 상담가들 대부분이 말하기를 남과 비교하지 말라고 한다. 남이 아닌 자신과 비교하라고.

헌데 남과 비교를 해봤기 때문에 나와 비교할 수 있었던 것이지, 온 세상 사람이 교류 없이 혼자 살아야 했다면 과연 비교란 것 자체를 했을까. 우리는 사회적 관계를 맺어야 하는 사람이라 비교하며 살게 되고, 그로 인한 쾌감도 좌절도 맛보게 된다. 당연하고 어쩔 수 없는 일이다. 지나치지만 않는다면 남과 비교하는 것은 원동력이 될 때도 있으니 그리 나쁘진 않다고 생각한다.

나는 그보다 중요한 것은 따로 있다고 본다. 남과 비교하더라도 나 자신과 비교하더라도 꼭 해야 하는 것. 객관적으로 바라볼 수 있는 시선이다. 사람은 두 명, 세 명이 아닌 하나의 객체인 육신과 주체적 정신을 지니고 있어, 하나의 사람으로서 여러 사람의 생각을 읽을 수 없으며 객관적 시선으로 바라보기도 어렵다. 그래서 전체를 보지 못하고 주관적 시선에 묻혀 한 부분만을 보는 경우가 많다.

그림을 그릴 때도 마찬가지다. 그리는 도중에 뒤로 물러나 전체를 바라보지 못하면 그림은 엉망이 되고 만다. 아무리 잘 그려도 일그러져버린다. 한 부분만 보는 우리의 주관적 시선은 마치 그림의 부분 부분만을 바라보며 완성하는 모습과 같다. 그림을 그릴 때 부분만 보고 그리는 경우, 거기에만 갇혀 완성될 때까지 고치고 또 고치고 그렇게 한곳만을 바라보게 된다. 나중에 완성된 그림을 확인해보면 그 집요하게 그렸던 부분은 전체적으로 어울리지 못하고 따로 노는 것처럼 보인다. 한땀 한땀 그려낸 것을 망치고 싶지 않다면 꼭 뒤로 물러나서 바라봐야 한다. 전체를 봐야 부분도 볼 수 있는 것이다.

사람이 태어나 인생을 살아가는 동안, 물리적으로는 과거로 돌아가지 못한다. 우리는 내일만 살 수 있다. 1초 후도 1분 후도 우리의 미래가 된다. 그런데 과거에 묻혀 사는 사람이 허다하다. 단지 단편적인 것만을 바라보고 그저 자신의 나약함을 과시하듯 드러낸다. 특히 남들의 좋아 보이는 모습만 바라보며 비교하고 부러워한다. 자신이 얼마나 발전해왔는지 알지도 못한 채. 다른 사람도 그렇게 되기까지 수많은 일을 겪어왔는데. 좋은 모습만 골라보기란 얼마나 쉬운지. 과거를 멀리하면 나 자신을 잃는 것과 다름없지만 과거에 묻히는 것 또한 나 자신을 잃게 되는 건 마찬가지다.

몇몇의 콘텐츠를 제외하고 대부분의 드라마와 영화를 보면 자극적인 내용이 많다. 보통의 시청자 또는 관람객들이 겪어보지 못한 세계를 만들어 동경하게 하기도 하고 재미를 느끼게 하기도 하는 것이겠지. 그렇지만 대회나 시험에서 1등을 하거나 신문에 나오거나 사람들의 인기를 독차지하거나 이목을 받거나 하는 큰 사건들만이 삶의 행복인 것은 아니다. 단지 인지하지 못했을 뿐 우리 삶엔 이미 그런 사건들이 있었다. 나의 현재가 별것 없어 보일 때가 있더라도 내가 살아온 순간들을 하나씩 모아보면 내 인생도 그리 나쁘지 않았다는 걸 느낄 수 있다. 아니, 어쩌면 한 폭의 그림 같았다. 1이 모여 10을 만들고 10이 모여 100을 만들듯 하나씩 모아진 조각들이 나라는 그림을 만들어낸 것이다. 그러니 나의 아픔의 조각도 슬픔의 조각도 고통, 괴로움, 좌절의 조각도 모두 소중하다. 기쁨과 즐거움, 행복의 조각들은 말할 것도 없다. 우리의 하루하루, 순간순간들은 값어치를 매길 수 없이 소중하다. 그 모든 순간이 모여 우리의 삶을 완성해왔기 때문에.

주변을 둘러보자. 둘러보고 다양한 시선으로 바라보자. 하나의 생각이 아닌 다채로운 생각으로 바라보자. 내 옆의 그 사람, 가족, 친구, 지인, 동료들 모두는 각자 한 사람으로서 존재하지만, 그 한 사람은 태어나면서부터 주변의 모든 것들의 영향을 받으며 자라왔다. 엄마의 손길부터 티브이에서 나오는 목소리와 길가 위에 보이는 작은 꽃까지 모든 것이 그들에게 다가가 녹아내려 하나의 인격을 만들어냈다. 그러므로 한 사람은 하나이면서 모두일 수 있다.

너는 나에게, 나는 너에게, 그리고 가족부터 모든 주변 사람들까지 우리는 서로 영향을 받았고, 주었다. 그 영향은 눈으로 보이지 않으며 피부로 느껴지지 않지만 어느 한 켠에 머금어 잔잔하게 퍼져나갈 것이다. 그러니 나의 존재도 나의 주변의 존재도 그것에 주어지는 모든 상황에도 가치가 있음을, 각자만의 아름다운 무게가 있음을, 그 모든 것이 소중함을 느끼며 살았으면 한다. 우리의 존재는 존재 자체로서 소중하니.

아무것도 없던 켄트지 위에 새로운 무언가가 채워질 수 있었던 것은 점과 선과 면이 하나씩 하나씩 그려졌기 때문입니다. 읽어주신 독자 분들께 깊은 감사를 드리며 항상 당신과 당신이 겪는 모든 순간이 소중하기를 바랍니다.

너의 색이 번지고 물들어

초판 1쇄 발행 2019년 5월 15일
글·그림 정재희
펴낸곳 믹스커피
펴낸이 오운영
경영총괄 박종명
편집 김효주 · 최윤정 · 채지혜 · 이광민
마케팅 안대현
등록번호 제2018 - 000058호(2018년 1월 23일)
주소 04091 서울시 마포구 토정로 222 한국출판콘텐츠센터 306호(신수동)
전화 (02)719 - 7735 | **팩스** (02)719 - 7736
이메일 onobooks2018@naver.com | **블로그** blog.naver.com/onobooks2018
값 14,800원
ISBN 979-11-89344-85-6 03810

이 도서의 국립중앙도서관 출판예정도서목록(CIP)은 서지정보유통지원시스템 홈페이지
(http://seoji.nl.go.kr)와 국가자료공동목록시스템(http://www.nl.go.kr/kolisnet)에서 이용
하실 수 있습니다.(CIP제어번호: CIP2019016086)